Hyakken Uchida

Aus dem Schattenreich

HYAKKEN UCHIDA

Aus dem Schattenreich

Erzählungen

Aus dem Japanischen übersetzt
und mit einem Nachwort von
Lisette Gebhardt

Deutsche Verlags-Anstalt

FEUERWERK

Ich gehe auf einem Damm, der sich endlos vor mir hinzieht, zum Hafen von Ushimado. Auf der einen Seite liegt das weite Meer, auf der anderen die Bucht mit ihrem seichten Wasser. Dort wächst hohes, wogendes Schilf. Seine Spitzen ragen bis zum Damm. Je weiter man kommt, desto höher reicht es. Ganz vorn, das Auge kann es gerade noch wahrnehmen, ist der Damm fast schon begraben unter Schilf.

Riesige Wellen rollen von der Meeresseite auf mich zu, so groß, wie ich sie selbst aus Erzählungen nicht kenne. Sie lassen den Damm, wenn sie sich an ihm brechen, bis ins Innerste erzittern. Doch selbst diese hohen Wellen reichen nicht bis nach oben. Zwischen Wellenschlag und Schilf bewege ich mich weiter fort.

Ich bin eine Weile gegangen, da kommt mir eine Frau entgegen. Sie trägt violette Rockhosen und hat eine ungesunde Gesichtsfarbe. Höflich verneigt sie sich vor mir. Irgendwo habe ich ihr Gesicht schon gesehen, kann mich aber nicht genau erinnern, wo. Auch ich verbeuge mich schweigend. Sie spricht mich höflich und leise an, fragt, ob wir gemeinsam weitergehen sollen, und läuft von jetzt an neben mir. »Verdächtig«, denke ich mir, »auf diese Weise kehrt sie ja um.« Was sie sagt und wie sie sich benimmt, lässt mich glauben, sie sei hier, um mich abzuholen. Nun habe ich ihre Begleitung aber schon angenommen. Sie ist wahrscheinlich zwei, drei Jahre älter als ich.

Plötzlich steigt Feuerwerk auf! Von der Bucht her, von dort, wo das Schilf wogt, ein großes Licht nach dem anderen. Lichtkreise in herrlichen Farben glänzen lange und verlöschen dann über dem Wasser. Die Frau zeigt in deren Richtung und sagt: »Die Nacht bricht an. Beeilen wir uns! Nachts auf dem Damm zu sein ist nicht gut.«

Die Landschaft mit dem Feuerwerk über der Bucht erinnert mich vage an eine Ansicht aus alter Zeit.

Je weiter wir gehen, desto höher türmt sich das Schilf über uns. Ich höre, wie die schmalen Blätter über unseren Köpfen aneinander reiben. Rasch wird es dunkler, die Nacht bricht an. Der Himmel über dem Meer leuchtet in einem satten, rosigen Rot. Eine Spur des Rots bleibt noch auf den Wellenkämmen haften, als die Dämmerung schon nach ihnen greift und sie in einem seltsamen Licht glänzen. Einen Moment lang bin ich gefangen von diesem Bild, dann wende ich mich nach der Frau um. Sie deutet auf das Meer und sagt: »Draußen auf hoher See wird es schon dunkel. Beeilen wir uns!«

An einigen Stellen verblasst das rote Glühen. Da! Hoch oben über dem Meer, am geröteten Himmel, das sieht aus wie verkohlte Papierstreifen!

»Das sind Seefledermäuse. Auch hier wird es bald dunkel«, sagt die Frau.

Finsternis überzieht den Damm. Mir wird bange. Das Grollen der Wellen und das Rascheln der Schilfblätter hüllen uns ein. Nur die einsame Gestalt der Frau steht noch deutlich vor meinen Augen. Es kann nichts Gutes bedeuten, mit einer Melancholikerin wie ihr den Damm entlangzugehen. Aber es gibt hier nur den einen Weg, und ihre Begleitung abzuweisen scheint mir auch nicht richtig. Also wandere ich schweigend weiter. Auf einmal wird es heller, von der Seite her. Überrascht wende ich mich dem Licht zu, hier und da steigen aus dem Schilffeld kleine Feuersäulen auf. Lustige Flämmchen springen aus den leuchtenden Säulen in die Dunkelheit und verglimmen schnell, ohne eine Spur zu hinterlassen. Am Himmel darüber gleißt und erlischt das Feuerwerk. Begeistert von diesem Anblick fällt mir ein, dass es bestimmt Feuerkugeln sind, die in das Schilf fallen.

»Sie haben recht. Bald brennt es hier ringsum. Beeilen wir uns lieber«, sagt die Frau.

Sie sucht eine merkwürdige Stelle aus, um vom Damm zur Bucht hinunterzusteigen. Ich steige ihr nach. Ich sehe die Hafenlichter von Ushimado schon hell glänzen, aber bringe es nicht fertig, mich von der Frau zu trennen. Die Augen auf die Lichter gerichtet, folge ich ihr. Wir gelangen an einen seichten, sandigen Fluss. Schnell läuft die Frau das Ufer entlang. Nach einer Weile ist der Fluss verschwunden, und wir stoßen auf den Eingang zu einem langen Korridor. Die Frau schlüpft hinein und weist mir den Weg. Ich habe beschlossen, stehen zu bleiben, zögernd blicke ich sie an. Sie steht nur da, die Augen voller Tränen, und schweigt. Es ist mir, als nähme sie mich mit sich fort. Ich folge ihr.

Wir passieren den Korridor, bald wird er enger und dunkler, kaum dass man noch erkennen kann, wo man läuft. Ganz vorn, wo er sich krümmt, hängt eine Handlaterne an einem Pfeiler, und von dort fällt trübes Licht auf die Holzdielen des Flurs. Wir gehen zunehmend eng aneinandergedrängt. Mir fällt das Atmen immer schwerer, und ich will umkehren. Ja, langsam wird es mir klar, warum mich die Frau hierhin geführt hat. Hätte ich mich bloß auf dem Damm von ihr verabschiedet.

Links vor uns liegt ein hell erleuchteter, weitläufiger und mit Tatami-Matten ausgestatteter Raum. Ich bin erleichtert, dass es noch nicht ganz dunkel ist. Wieder kommt ein anderer Saal. Dort ist, exakt in der Mitte, ein niedriges Lesepult postiert. Ein aufgeschlagenes Notizbuch liegt darauf, die Seiten sind vergilbt. Als ich gedankenverloren einen kurzen Blick auf das Buch werfe, sehe ich der Frau an, dass mir alles klar werden würde, wenn ich es läse. Aber ich wende meine Augen ab, gehe eilig daran vorbei. Ich habe Angst und spüre, dass ich furchtbar aufgeregt bin. Hinter mir öffnet sich der Raum hin zur Veranda. An einem Waschbecken flattert ein Handtuch. Ich gehe zum Handtuchhalter und bleibe dort eine Weile stehen. Ich will endlich zurück.

Da kniet sich die Frau vor mir nieder, sie weint. »Auf dem Damm ist die Sonne schon untergegangen, es ist sehr finster da. Bleiben Sie noch ein bisschen bei mir«, bittet sie.

Ich antworte nichts, halte mich bereit, fortzugehen. Von irgendwoher höre ich ein Geräusch, es klingt, als bliese der Wind.

»Das Schilffeld steht in Flammen, man kann nicht mehr nach draußen. Was Sie hören, ist das Lodern Tausender, Abertausender Schilfhalme«, ergreift die Frau wieder das Wort.

Ich will zurück. Mir ist unheimlich zumute bei dem Gedanken, noch länger bei ihr zu bleiben.

Sie wendet sich erneut an mich: »Der Damm ist unter den Wellen zerbrochen. Kein Weg führt mehr zurück.«

Kaum hat sie diese Worte gesprochen, schreit sie laut auf und bricht in Tränen aus. Sie wirft sich zu

Boden, als wolle sie ihr Gesicht auf die Dielen pressen, heftig zittern ihre Schultern. Das Handtuch flattert über ihr hin und her.

Ich habe beschlossen, mich auf den Rückweg zu machen, und gehe Richtung Korridor. Da fällt mein Blick auf den weißen Nacken der Frau, sie kauert noch immer auf der Veranda. Ihr Gesicht, ihre ganze Erscheinung ist düster und reizlos, aber die Nackenpartie wirklich schön, gerahmt vom Kragen ihres Gewandes kommt sie mir unvergleichlich anmutig und verlockend vor. Mich trifft es wie ein Schlag, ich halte inne. Diesen Nackenausschnitt habe ich schon einmal gesehen. Ist es zehn, ist es zwanzig Jahre her? Ich weiß es nicht mehr. An einer Wegkreuzung war es, da bin ich ihr irgendwann begegnet, blickte zurück und sah diesen Nacken. Ja, diese Frau ist es gewesen. Kaum habe ich sie wiedererkannt, springt die Frau mich an und umklammert meinen Nacken.

»Du Verräter! Du Verräter! Du Verräter!« Ihre Stimme klingt schrill.

Meine Beine sind starr, ich bin unfähig zu fliehen. Wie ich, unter heftigen Verrenkungen, den Kopf drehe und hinter mich sehe, ist niemand mehr da, die Frau nicht, niemand. Und doch hat sich etwas Unsichtbares um meinen Hals geschlungen und würgt mich. Ich kann mich nicht rühren. »Hilfe!«, will ich rufen. Aber aus meiner Kehle dringt kein einziger Laut.

SANTO KYODEN

Ich wohne seit Kurzem in Santo Kyodens Haus. Meine Aufgabe ist es, die Pforte zu hüten. Ich bin in dieser Welt ganz allein auf mich gestellt, habe weder Frau noch Kinder, keine Eltern und keine Geschwister. Santo Kyoden ist mein einziger Halt, ich verehre ihn und bin sein Schüler.

Neben die Schiebetüren am Eingang habe ich einen Tisch gestellt, dort sitze ich. Ein eigenes Zimmer hat man mir nicht zugeteilt. Ich beschwere mich aber nicht darüber. Schließlich bin ich froh, auf diese Weise in der Nähe des Meisters sein zu können.

Auf dem Tisch drehe ich Pillen. Ich bereite immer jeweils fünf oder sechs vor und bearbeite sie mit den Handflächen. So werden aus den eckigen kleinen Stücken eines Medikaments, die ich von einem Essstäbchen ähnelnden Stab abschneide, kugelige Pillen. Eifrig drehe ich und knete wie wild, worauf sich rasch eine Menge feiner Krümel rund um den Tisch sammeln. In der Zwischenzeit haben einige Leute am Eingang vorgesprochen, aber ich kann mich an keinen von ihnen mehr genau erinnern.

Dann ist Essenszeit. Der Raum, in dem serviert wird, befindet sich weit hinten im Haus. Es ist ein augenscheinlich öder Saal. Santo Kyoden sitzt bereits da, genau auf dem Platz des Hausherrn, und nimmt seine Mahlzeit zu sich. Ich knie nieder, verneige mich höflich und lege dabei die Hände auf die Schwelle. Als ich nach einer Weile den Kopf hebe, zeigt Santos Gesicht keinerlei Regung, er ist damit beschäftigt, die Stäbchen in seine Schüssel zu tauchen. Das reizt mich nur noch mehr, Santo Kyoden meine Reverenz zu erweisen.

Ich husche in den fast leeren Saal, erreiche mein Speisetischchen. Mir ist, als fliehe mein Schatten in alle Richtungen, und das verunsichert mich sehr. Noch dazu befindet sich in dem großen Saal niemand außer mir und Santo Kyoden. Das Schweigen lastet schwer auf mir. Auch fürchte ich, mein Stummsein könnte den Meister verletzen. Gäbe ich jedoch etwas Banales von mir oder entschlüpfte Unpassendes unbedacht meinem Mund, so würde er mich ausschimpfen, und das wäre erst recht unangenehm. Ich weiß nicht mehr ein noch aus. Santo Kyodens Miene zeigt keinerlei Regung. Er schlürft bloß seine Suppe. Das steigert meinen Respekt vor ihm noch.

Eigentlich will ich mich ja schnell ans Essen machen. Santo Kyoden ist nicht etwa so entgegenkommend, ein Wort wie »Iss!« oder dergleichen zu verlieren. Vielleicht widerstrebt es ihm ja grundsätzlich, etwas so Banales zu äußern. Sicher ist es schlecht, sich in falscher Bescheidenheit zu ergehen – bei diesem Gedanken will ich schon zugreifen. Es könnte sich aber auch gerade andersherum verhalten, und Santo Kyoden ist just in diesem Moment dabei, »Iss!« zu sagen. Dann wäre es ganz verkehrt, wenn ich so frech wäre, einfach zuzugreifen. Was soll ich bloß machen? Das Speisetischchen direkt vor mir, weiß ich nicht aus noch ein.

Da glaube ich zu bemerken, wie sich jemand dem Eingang nähert. Ich begebe mich sofort an die Pforte. Unterwegs seufze ich erleichtert auf. An der Tür ist aber niemand. Es sieht so aus, als sei der Besucher schon weggegangen. Wie ausgestorben wirkt der Ort, ich kann es nicht mehr ertragen, weiter dort zu stehen. Eilends gehe ich wieder nach hinten in den Saal. Ich mustere Santo Kyodens Gesicht: Breit ist es, jegliche Bartzierde fehlt. Eigentlich ein furchtbarer Anblick, die Brauen samt und sonders ausgefallen, die Lider rot gerändert. Doch sehe ich dieses Gesicht, spüre ich vom Grund meines Herzens Wärme emporsteigen.

»Niemand eingetreten«, melde ich.

Santo Kyoden würdigt mich keiner Antwort.

»Wohl verärgert«, denke ich bei mir.

Nun erhebt er sich und entfernt sich in erhabener Haltung, die eines Königs würdig ist, aus dem Saal. Ich verschlinge die Mahlzeit – wenigstens ein bisschen Pressfisch war dabei –, stürze den Tee hinunter, bis er mir zu den Nasenlöchern wieder herauskommt. Dann geht es zurück an den Eingang zum Pillendrehen.

Nach einer Weile klopft ein kleines Männchen an, greift mit den Händen nach der Eingangsstufe und zieht sich hoch.

Das muss ich dem Meister mitteilen.

Er steht gedankenverloren auf der Veranda. Folgende Meldung überbringe ich ihm: »Soeben ist ein wirklich winziges Männchen zum Eingang hereingekommen.«

»Wiiie?« Santo Kyodens Gesicht nimmt einen äußerst überraschten, merkwürdigen Ausdruck an. Bei meinen Worten stockt ihm offensichtlich die Sprache, und seine Stimme überschlägt sich.

Ich wiederhole meine Meldung. »Soeben ist ein wirklich winziges Männchen zum Eingang hereingekommen. Es hat dabei mit seinen Händen nach der Stufe gegriffen …«

»Herrje!«, entfährt es ihm. Auf einmal rennt er los. Ich hinterher bis zum Eingang.

Santo Kyoden hält an der Schwelle inne und lässt seine Augen forschend über die Stufen gleiten. Wie angewurzelt stehe ich hinter ihm.

Plötzlich dreht er sich um. Sein Gesichtsausdruck ist furchterregend, der eines Teufels. »Pass gefälligst besser auf! Wo soll denn dieser Mensch sein?« Santo Kyoden rückt näher an mich heran und starrt mir ins Gesicht: »Da sieh, eine Bergameise war das doch wohl!«

Vor Schreck reißt es mich nach hinten. Als ich in die angegebene Richtung blicke, erkenne ich es. Ja, eine Bergameise! Glänzend wie schwarzer Lack, von Kopf bis Fuß.

Ich bitte Santo Kyoden um Verzeihung. Doch er will nicht darauf eingehen. »So ein Tölpel! Du bist zu nichts zu gebrauchen! Kein anderer ist dermaßen unverständig!«

Ich bin wie vor den Kopf geschlagen, stammle nur: »Bitte vielmals um Verzeihung!«

Aber er donnert: »Mit einer Entschuldigung ist's hier nicht getan!«

So weit hätte er mit seinen Äußerungen nicht gehen müssen.

»Du kannst dich wegscheren!«, sind seine letzten Worte an mich. Dann verfällt er in Schweigen.

Man wirft mich aus Santo Kyodens Haus. Ich lande mitten auf der Straße. Völlig verwirrt, weiß ich nicht, wohin ich mich wenden soll. Ich breche in Tränen aus. Sie fließen reichlich, und während ich noch weine, beginne ich langsam zu verstehen: Die Ameise ist gekommen, um die Pillen zu stehlen. Deshalb ist Santo Kyoden aus der Fassung geraten und so wütend geworden. Warum ihm diese Medizin allerdings so ungeheuer wichtig ist, will mir nicht einleuchten.

JINTOSHI

Jemand hat mir eine Frau vermittelt, deshalb verlasse ich in aller Heimlichkeit das Haus. Ich weiß natürlich, dass sie einem anderen gehört. Ich laufe einen merkwürdigen Weg entlang, den sonst niemand mehr nutzt. Es dauert ziemlich lang, doch endlich komme ich zu ihrem Haus. Ein zweistöckiges Gebäude, vier Dächer schließen sich zu einem Langhaus zusammen, es ist der zweite Eingang links. Seltsam, dass die linke Seite nach Norden hin liegt, weiß ich ganz genau. Ich trete ein und werde gleich ins Empfangszimmer geleitet, ein ziemlich weiträumiges Zimmer, in dem man gar nicht anders kann als sich unwohl fühlen. Wenig angenehm, als Einziger dort in der Mitte zu sitzen. Meine Gesichtshaut spannt, ein Gefühl, wie wenn man sich das Gesicht gewaschen hat und es, ohne es richtig abzuwischen, trocknen lässt. Nach einiger Zeit wird mir eine Mahlzeit serviert. Vielleicht schon das Abendessen.

Die Frau bedient mich. Es schlägt mir aufs Gemüt, mitten in dem großen Raum zu sitzen, und ich komme nicht zur Ruhe. Daran ist aber nichts zu ändern, darum verzehre ich die Mahlzeit und betrachte dabei die Frau. Sie spricht nicht viel, ebenso wenig habe ich etwas zu sagen, so schweige ich also auch. Ihr Gesicht und ihre übrige Erscheinung sind zwar nichts Besonderes, aber man kann doch sagen, sie sei eine hübsche Frau. Ab und zu vollführen ihre weißen Hände seltsame Bewegungen. Ich kann erkennen, dass sie einigermaßen füllig sind. Das macht sie anziehend. Mit der einen Hand – zu Anfang habe ich es gar nicht bemerkt – reibt sie sich an der Nase, in einem fort, schnell und verstohlen. Dann tut sie so, als ob nichts sei. Unschön ist das, ich wollte, sie unterließe es, aber etwas dagegen zu sagen, wäre wohl auch nicht fein, deshalb schweige ich. Bin ich am Ende an einen Zauberfuchs geraten?

Wir sitzen eine Weile da. Das Essen habe ich ohne großen Genuss hinuntergeschlungen. Draußen wird es allmählich dunkel. Es sieht so aus, als wolle es bald Nacht werden. Die Frau hat zwar diese seltsamen Gesten vollführt, die mich unangenehm berührten, aber nun erscheint sie mir doch wieder recht anziehend.

Da öffnet sich plötzlich die vordere Lattentür. Der Hausherr tritt ein! Ich bin so überrascht, dass es mir fast den Atem verschlägt, und schrecke zurück. Fliehen kann ich nicht, Verstecken hilft auch nichts, ich kenne mich ja im Haus auch gar nicht aus. Nicht auszumalen, was passieren wird, wenn er mich ertappt. Ich bin völlig aufgelöst. Die Frau sitzt noch immer da, und nachdem sie sich mit ihrer weißen Hand ein-, zweimal an die Nasenspitze gegriffen hat, sagt sie folgenden Reim auf:

»Schälchen und Schüsselchen, klapper und klirr,
nur kein Gewirr.
Ich will es schon richten, bleib du ruhig und still.«

Ich glaube mich zu erinnern, dass das ihre Worte waren. Den ersten Satz begreife ich nicht ganz.

Ihr Mann hat noch jemand anderen mitgebracht. Es kommt mir vor, als starre der Mann eindringlich in meine Richtung. Grässlich, ich fürchte mich. Ein Gefühl, als quetsche mich einer zusammen! Noch vor dem Speisetischchen sitzend, überlege ich, ob ich mich verneigen oder ob ich das Weite suchen soll.

Da sagt die Frau zum Hausherrn: »Dieser Mann hier ist heute zu uns gekommen, um unser Schüler zu werden. Gerade habe ich ihm etwas Essen gebracht.«

»Haben Sie vielen Dank«, sage ich und verbeuge mich.

Der Mann nimmt dies nur zur Kenntnis und steigt dann ins obere Stockwerk. Sein längliches Gesicht ist furchtbar blass. Um seine Augen liegen dunkle Ringe, und er macht einen äußerst verstimmten Eindruck.

Der, der ihm folgt, zeigt ebenfalls eine finstere Miene und wirft mir einen durchdringenden Blick zu. Gewiss handelt es sich bei ihm um seinen Bruder.

Genau das gleiche längliche Gesicht mit den Ringen um die Augen. Ebenso wie der Meister verschwindet er nach oben in den zweiten Stock. Die Frau beeilt sich, den beiden Männern nachzukommen, so als ob sie sie verfolge.

Erleichtert stoße ich einen Seufzer aus. Dann erhebe ich mich und trete mit unsicheren Schritten auf die Veranda. Draußen schwimmt im Wasserbecken ein Goldfisch umher, rund wie ein Kloß. Es ist dunkel geworden, und in der Ferne kann man nichts mehr erkennen. Ich fühle mich verlassen und traurig. An einen schönen Ort bin ich da geraten! Ich sitze in der Klemme. Nicht im Geringsten kann ich mir vorstellen, was ich hier lernen soll. Ich möchte bei der Frau nachfragen, aber im oberen Stock, wo auch die beiden anderen sind, kann ich das nicht. Erkundige ich mich anderswo, kommt die ganze Sache heraus. Es macht mir zu schaffen, nun so tun zu müssen, als wüsste ich bestens Bescheid. Lieber würde ich die Flucht ergreifen, aber das brächte die Frau in Schwierigkeiten, und weil es mir um sie leidtut, gebe ich dieses Vorhaben auf. Was für ein Geschäft der Mann betreibt, weiß ich nicht, aber seinem Gesicht nach wird es nichts Ordentliches sein.

Als ich noch ratlos auf der Veranda stehe, kommen der Bruder und die Frau wieder herunter. Beide nehmen mir gegenüber Platz. Der Bruder zieht aus seiner Brusttasche ein rotes Papier.

»Nun denn«, sagt er, »wir verleihen dir also folgenden neuen Namen. Nimm ihn gehorsamst an.«

»Jintoshi« steht auf dem Blatt.

»Bedanke dich nur recht freundlich, das ist ein schöner Name«, sagt die Frau.

Ich begreife den Sinn nicht, falte das rote Papier so zusammen, wie es zuvor war, und stecke es gewissenhaft in meine Brusttasche. Dann blicke ich zu der Frau. Sie unterlässt jetzt die seltsamen Gesten von vorhin. Vielleicht hat sie sich anfangs nur vor mir geniert. Sie sitzt einfach da. Ich wäre froh, spräche sie etwas, aber sie trägt nichts zu einer Unterhaltung bei. Auch der Bruder tut nichts. Nachdem er mir den Namen gegeben hat, sitzt er mir bloß mit gleichgültiger Miene gegenüber. Ich habe keine Ahnung, wie ich mich verhalten soll.

Noch schlimmer ist, dass ich, falls der Bruder etwas von sich aus sagen sollte, sicher um eine Antwort verlegen wäre. Deshalb will ich, um dem zuvorzukommen, schnell fort von hier. Besser ist es aber abzuwarten, die Umstände noch etwas im Auge zu behalten und ein gewisses Maß an Erkenntnis der Situation zu gewinnen.

Während ich zutiefst unschlüssig bin, erhebt sich die Frau und steigt wieder nach oben. Nun bin ich allein mit dem Bruder, und das treibt mich vollends in die Enge. Soll ich irgendeine Allerweltsgeschichte auftischen, die mit der jetzigen Situation überhaupt nichts zu tun hat, um mich auf diese Weise aus der Affäre zu ziehen?

Als ich noch überlege, was ich am besten sagen soll, erhebt sich der Mann mit wackligen Beinen und holt von irgendwoher eine große Schachtel. Sie hat die Form eines Petroleumbehälters, auch ungefähr die Größe, und sie ist mit Papier beklebt, das aussieht wie Blätter für Schreibübungen. Er öffnet den Deckel und zieht etwas heraus. Es scheint alte Watte zu sein. Dabei sagt der Bruder des Meisters: »Wir wollen nun einen Teil fertig kneten. Du gehst mir dabei zur Hand, Jintoshi.«

Dass er so gestelzt daherredet, wundert mich. Ich antworte aber brav: »Jawohl!« Keine Ahnung, wie ich vorgehen soll. Ich fasse in die Schachtel, und was ich mit einem Griff herausziehe, ist keine alte Watte, sondern es sind Pflanzenfasern für die Moxibustion. Der Bruder des Meisters, der mir gegenübersitzt, reißt mit der einen Hand ein Stück davon ab und knetet es. Eine kleine Kugel um die andere fertigt er an; sie haben die Größe von Salzpfläumchen.

»Jintoshi«, spricht er mich an. »Wenn du dich so ungeschickt anstellst, fallen sie ja gleich runter. Pass gefälligst ein bisschen besser auf!«

Der Vorfall hat den Bruder des Lehrers verstimmt. Sein Gesichtsausdruck verrät zwar nicht viel, aber er sieht doch verärgert aus. Ich bin verwirrt, wie komme ich nur aus dieser Sache heraus? Ich werde schon ganz unruhig, da höre ich Geräusche aus dem oberen Stock. Was mag die Frau dort oben wohl treiben? Dieser Gedanke quält mich so sehr, dass ich es fast nicht mehr ertrage. Ich drehe also ohne große Begeisterung Moxakügelchen vor mich hin, der Bruder des Lehrers steht auf und begibt sich mit wütendem Gebaren auf die andere Seite des Raums.

Die Sonne geht gerade unter. Die Goldfische glänzen im letzten Licht des Tages aufdringlich rot, träge schwimmen sie im dämmrigen Becken, tauchen nach unten ab. Eine merkwürdig trübsinnige Stimmung hängt über dem Haus, unheimlich. Wie wild knete ich Moxa, vor lauter böser Vorahnung halte ich es beinahe nicht mehr aus. Schon droht mich der Wunsch nach sofortiger Flucht zu übermannen, da kommt die Frau.

»Ich möchte jetzt lieber nach Hause zurück«, sage ich.

»Na, das dürfen Sie aber nicht. Ich habe gedacht, dass Sie zumindest heute über Nacht bleiben«, meint sie und streckt geschwind ihre weiße Hand in meine Richtung. Als ich zögere, legt sie mir die Hand sogar aufs Knie. Ob der Fleck, den sie berührt, heiß oder kalt wird, weiß ich nicht zu sagen.

»Der Meister geht heute noch einmal aus dem Haus. Schlüpf unterwegs davon und komm zurück, du hast mich doch wohl nicht ganz vergessen, oder?«, sagt sie.

Bei ihren Worten ist mir, als hätte ich schon einmal mit ihr zu tun gehabt, aber in welcher Angelegenheit, das weiß ich nicht mehr.

»Ja nun, dann machen wir es so. Trotzdem … «

Als ich zögere, zieht die Frau blitzschnell ihre Hand von meinem Knie weg und sagt: »Mach dir nur keine Sorgen.«

»Aber der Meister kommt doch wieder zurück?«

»Nein, heute Nacht hat er so viel zu setzen, dass er bis nach dem Morgengrauen zu tun haben wird.«

»Setzen? Was tut er denn da? Was macht der Meister eigentlich?«, wage ich endlich zu fragen.

»Der Meister ist Meister darin, Pferde zu moxibustieren«, sagt die Frau, als ob das etwas ganz Normales sei.

»Moxibustion von Pferden …«, bringe ich noch heraus, dann verschlägt es mir die Sprache. Ich stelle mir vor, wie die Pferde schauen, denen ein Kügelchen heißes Moxakraut angesetzt wird. Vorwurfsvoll würden einen diese großen Augäpfel, die so sehr denen von Menschen gleichen, anstarren. Bei dem bloßen Gedanken daran gruselt es mich.

Der Meister kommt aus dem oberen Stock, nach ihm sein Bruder, der die Tasche trägt. Die Frau steht auf und geht uns voran.

»Du nimmst die Laterne und folgst uns, Jintoshi«, sagt der Meister.

»Der hat ja überhaupt nichts geknetet. Was hat er bloß getrieben?«, meint der Bruder des Meisters im gleichen Tonfall.

Ich beginne zu fürchten, dass sie die Sache mit der Frau erfahren haben, und bin starr vor Schreck.

Der Bruder verstummt aber nach dieser Bemerkung, stopft eigenhändig Moxakraut in die Tasche und tritt dann mit uns nach draußen. Die Frau entzündet das Licht in der Laterne und reicht sie mir. Rundherum ist alles tiefschwarz.

Ich gehe den beiden auf dem breiten, verlassenen Weg voraus.

Kohlereste liegen dort verstreut. Auf der einen Seite steht eine schwarze Bretterwand, so weit man auch läuft und sehen kann, immer dieselbe endlose Wand mit ihren schwarzen Brettern. Sie ist sehr hoch, der Schein der Laterne reicht nicht bis ganz nach oben. Manchmal fällt das Licht auf den mit Kohlestückchen bestreuten Weg, dann funkelt er in glitzerndem Schwarz. Der Meister und sein Bruder sagen unterwegs kein einziges Wort.

Lange sind wir schon gegangen, ich weiß nicht, wie lange. Ich denke, die schwarze Bretterwand ist endlich zu Ende, da macht der Pfad eine Biegung. Wir kommen an ein riesiges Haus. Es sieht aus wie eine Turnhalle, jedenfalls hat es ein Blechdach. Innen ist es stockfinster, man kann nichts erkennen.

»Jintoshi, geh du mit der Laterne voran!«, sagt der Meister. Ich nehme die Laterne und betrete das Haus. Da bläst plötzlich ein starker Wind, er fegt übers Dach. Im selben Moment leuchtet es in der Finsternis auf: Hunderte und Aberhunderte kleine glänzende Punkte, als funkelten schwarze Lichter. Das erschreckt mich so, dass ich beinah die Laterne fallen lasse. Pferdeaugen, ja, das müssen schimmernde Augen gewesen sein! Im Gebäude ist es aber dunkel wie zuvor, die Tiere selbst kann ich nicht sehen. Der Wind hat sich nun auch wieder beruhigt.

»Was treibst du denn da, Jintoshi?«, ruft der Meister.

Erschrocken richte ich die Laterne. Vor Furcht klappern mir die Zähne. Fast stockt mir der Atem, ich zwinge mich jedoch, in das dunkle Gebäude hineinzugehen. Wie ich mit der Laterne nach hinten leuchte, stehen sie dort in der Dunkelheit, die großen Pferde, eine lange Reihe, eines dicht am anderen.

Der Bruder des Meisters geht allein hinein. Was soll ich bloß tun?

Ich folge ihm. Wieder streicht der Wind über den Dachfirst. Da fangen die großen Tieraugen den Schein der Laterne auf, funkeln und rollen hin und her. Gleichzeitig erkenne ich mitten unter ihnen den Bruder, seine Gestalt spiegelt sich in den Augen des Pferdes, das er behandelt.

Ich sehe sein Gesicht, und ein Schrei entringt sich mir. Ich werfe die Laterne weg, renne los auf dem unbekannten Weg, haste weiter, immer weiter, nur fort. Zur Frau zurück will ich nicht mehr.

Er hatte einen Pferdekopf, der Bruder des Meisters!

DIE KRÄHE

Ich habe eine lange Wanderschaft hinter mir. Tag für Tag ziehe ich die Küsten entlang, steige über Pässe, so weit ich aber auch gehe, der Weg findet kein Ende.

Einmal, in der Abenddämmerung, laufe ich auf einer langen Straße am Strand. Ich weiß, dort, wo sie endet, gibt es eine kleine Hafenstadt. Dunkel erheben sich die Meereswellen. Jenseits des Meeres liegt ein Berg. Er hat die Gestalt eines Tieres. Seine gewaltigen Ausläufer streckt er weit ins Meer hinein, lässt sie die Flut trinken. Den ganzen Tag habe ich ihn schon im Blick, aber aus welchem Winkel man ihn auch betrachtet, er sieht immer gleich aus. Der Tag geht seinem Ende entgegen, und sowie es über dem Meer dunkler wird, gewinnt die Farbe des Berges an Intensität, es ist irgendwie beunruhigend.

Eine Seite der Straße wird von steilen Klippen gesäumt. Hier und da wächst buschiges Gestrüpp, daraus leuchten mir unbekannte tiefrote Blüten hervor, die dicht beieinanderstehen. Es wirkt, als hätten sich dort Flämmchen angesiedelt. Zwischen Klippen und Meer bildet die Straße eine weiße Linie, erstreckt sich ins Endlose. Ringsum wird es dunkel, und man kann den Verlauf der weißen Linie bald nicht mehr erkennen. Das macht mir Angst.

Die Sonne ist schon untergegangen, ich laufe noch immer den Weg am Strand entlang. Endlich gelange ich in die Hafenstadt. In ihren dunklen Gassen flackern die Lichter der Läden und Gaststätten. Manchmal fällt ihr Schein auf die Gesichter der Fußgänger, dann ist mir noch einsamer zumute.

Bei der Wegkreuzung kehre ich in eine Herberge ein. Ihr Lehmboden scheint sich ins Endlose zu erstrecken, nass und dunkel liegt er vor mir. Im Inneren des Hauses ist es totenstill. Sorge bereitet mir der Umstand, dass auch das Licht der Lampen gedämpft ist. Da kommt von hinten eine junge Frau und weist mir den Weg zu einem Empfangszimmer im oberen Stock.

Der Raum hat eine furchtbar hohe Decke. In der Nische, in der man für gewöhnlich Ziergegenstände aufstellt, befindet sich etwas, dessen Form man nicht klar erkennen kann. Von welcher Seite man es auch betrachtet, man kommt einfach nicht darauf, um was es sich handelt. Ich öffne die Schiebetüren. Nicht weit weg von hier scheint es einen Berg zu geben. Denn blickt man in diese Richtung, ist am pechschwarzen Himmel das Sternenlicht völlig verlöscht. Oder sind vielleicht Wolken aufgezogen? Wohin man auch schaut, es ist nichts zu erkennen.

Dann nehme ich eine vegetarische Mahlzeit zu mir. Kaum bin ich fertig, glaube ich zu bemerken, dass im Nebenraum ein Gast angekommen ist. Ich höre Geräusche, man packt wohl ein Paket oder etwas Ähnliches aus. Plötzlich krächzt nebenan eine Krähe – als würde sie qualvoll ersticken –, zwei-, dreimal. Es hört sich an, als ob Flügel, die wild auf und ab schlagen, mit aller Gewalt niedergehalten würden. Seltsam. Danach ist wieder nur vereinzelt das Geräusch zu hören, das klingt, als ob ein Paket aufgeschnürt wird.

Nach dem Essen begebe ich mich zum Bad. Dazu steige ich die Treppe hinunter, ziehe die auf dem Flur bereitgestellten Sandalen an und laufe nach hinten. Dort liegt das Bad. Es ist nicht allzu sauber. Ich lasse mich ins Wasser gleiten und verharre eine Weile darin. Ich höre irgendwo in der Ferne einen Hund heulen. Schwach ist auch das Tosen der Wellen wahrzunehmen. Noch einmal lausche ich angestrengt, höre jedoch nichts Besonderes.

Jemand geht draußen vorbei. Der Schein der Lampe, die er in der Hand hält, fällt durch den Spalt der angelehnten Tür in den Baderaum. Danach hört man noch jemanden vorbeigehen. Er bleibt stehen, als er das Bad passiert hat.

Und wieder: das qualvolle Krächzen des Vogels.

»Was machen Sie denn da?«, erklingt die Stimme der Herbergswirtin.

»Wenn der Vogel nicht mehr lebt, lassen sich die Federn nicht so gut entfernen«, hört man die Stimme eines Mannes sagen.

Ich sitze noch im Bad, fühle mich aber irgendwie bedrängt. Da! Noch zwei-, dreimal die Todesschreie des Vogels.

Ich begebe mich in mein Zimmer, atme auf. Sicher, etwas Besonderes ist nicht vorgefallen, aber die Sache ist doch schrecklich gewesen. Vor mir erscheint das Gesicht des Mannes von nebenan, es nimmt immer wieder neue Züge an. Seltsam, all diese Gesichter haben nur ein Auge.

Jetzt erklingen die Schritte eines Mannes, er steigt die Stufen nach oben. Ich lausche, versuche zu verstehen, was draußen vor sich geht. Der Mann betritt das Zimmer nebenan. Man hört ununterbrochen leise Geräusche. Er macht sich dort zu schaffen.

Selbst als die Frau schon das Bett gerichtet hat, bin ich noch lange Zeit wach. Ich höre, wie sie im Nebenzimmer geschäftig ein und aus geht. Dazwischen ist von Zeit zu Zeit das Klappern von Schüsseln oder Tellern zu hören. Die Frau läuft hin und her, aber von dem Mann ist kein Wort zu vernehmen.

Endlich im Bett, kann ich lange nicht einschlafen. Die Vorgänge im Nebenzimmer beschäftigen mich zu sehr.

Eine Weile habe ich wohl schon geruht, da ertönt von dort ein gewaltiger Lärm. Es reißt mich aus dem Schlaf. Jetzt bin ich wach, lausche, doch alles ist still, kein Laut mehr. Auch nebenan ist alles ruhig. Nur ein Hund heult in der Ferne. Er streift durch die Gegend, denn sein Geheul klingt, als käme es aus verschiedenen Richtungen. Da, plötzlich ist es direkt vor der Herberge, jeden Moment erwarte ich das lang gezogene Jaulen aus allernächster Nähe, doch es bleibt still. Dann kommt das Jaulen wieder aus unvorstellbar weiter Ferne, ich höre es nur schwach. Ich lausche dem Heulen dieses schnellen, unheimlichen Hundes, Stunde um Stunde, Schlaf kann ich keinen mehr finden.

DAS FABELTIER

Ein riesiger gelber Mond hängt über mir am Himmel. Er besteht nur aus Farbe und gibt kaum Licht. Man sollte annehmen, es sei Nacht, doch etwas spricht dagegen. Der Himmel hinter mir ist von einem bleichen Leuchten durchflutet. Ist die Sonne untergegangen? Dämmert bereits der Morgen? Ich weiß es nicht zu sagen. Vor dem gelben Mond treibt eine Libelle vorbei. Die schwarze Silhouette des Insekts verschwindet, doch ich kann nicht sehen, wohin es geflogen ist.

Ich stehe inmitten einer unendlich weiten Ebene. Mein Körper ist völlig durchnässt, von der Schwanzspitze trieft der Regen herab. Als Kind habe ich die Geschichte vom Fabeltier wohl gehört, aber nicht im Traum daran gedacht, dass ich jemals selbst zu so einem Wesen werden würde. Nun stehe ich mit einem Mal, ohne dass ich weiß, wie mir geschieht, an diesem Ort, geboren als ein schreckliches Ungetüm, mit dem Körper eines Rinds und dem Kopf eines Menschen. Was soll ich bloß anfangen inmitten dieser leeren weiten Felder? Ich weiß es nicht. Noch weniger weiß ich, warum man mich hier abgestellt hat und wohin die Kuh verschwunden ist, die mich geboren hat.

Mittlerweile hat der Mond eine blässliche Farbe angenommen. Das Licht am Himmel hinter mir erlischt, am Horizont ist nur noch ein schmaler Streifen zurückgeblieben. Dieser schmale Lichtstreifen wird rasch dünner und dünner, und als er beinahe gänzlich zu verschwinden beginnt, erscheinen an seiner Stelle viele kleine Punkte, deren Zahl sich zusehends vergrößert. Als sie auf dem Lichtstreifen am Horizont eine geschlossene Reihe gebildet haben, wird es dunkel. Und dann strahlt der Mond herab. Nun erst fällt mir auf, dass es Nacht wird. Auch begreife ich jetzt, dass die Himmelsseite, an der gerade das Licht erloschen ist, Westen sein muss. Mein Körper trocknet allmählich, und wenn der Wind über meinen Rücken streicht, fühle ich, wie sich die kurzen Haare dort bewegen.

Je kleiner der Mond wird, desto weiter reicht sein bläulicher Schein. Inmitten der Ebene, die dem Grund eines tiefen Gewässers gleicht, erinnere ich mich mit Reue an mein voriges Leben. Doch der letzte Teil meiner Erinnerung ist unklar, und ich weiß nicht, wann mein menschliches Dasein zu Ende gegangen ist. Will ich mich darauf besinnen, bleibt alles vage. Ich knie mit den Vorderbeinen nieder und versuche Schlaf zu finden. Sand klebt mir aber so störend an meinem unbehaarten Kinn, dass ich mich wieder erhebe. Bald trotte ich beharrlich auf und ab, bald stehe ich gedankenverloren da, bis die Nacht schließlich fortschreitet.

Der Mond wendet sich gen Westen, und kurz vor Morgengrauen erhebt sich auch der Westwind, wie eine gewaltige Welle. Ich nehme den Geruch des Sands wahr, den der Wind mit sich gebracht hat, und denke bei mir: »Das ist nun der erste Tag, den du als Fabeltier auf dieser Welt erlebst.« Und da fällt mir etwas Fürchterliches ein, etwas, was ich zunächst völlig vergessen hatte. Ich habe gehört, ein Fabeltier muss drei Tage nach seiner Geburt sterben und verkündet in dieser kurzen Zeit in menschlicher Sprache Vorhersagen über die Zukunft. In meiner jetzigen Gestalt würden mir auch viele weitere Lebensstunden nichts nützen, daher kümmert es mich nicht, nach drei Tagen mit dem Ableben rechnen zu müssen. Nur die Voraussagen bringen mich in arge Verlegenheit. Ich habe nämlich nicht die mindeste Ahnung, was ich verkünden soll. Gerade als ich mich darauf besinne, dass ich ja glücklicherweise ganz allein, ohne irgendeine Menschenseele weit und breit, hier in dieser Öde stehe und deshalb schweigend meinen Tod abwarten kann, erhebt sich der Westwind, und aus der Ferne tönt das Lärmen menschlicher Stimmen. Als ich mich überrascht in diese Richtung wenden will, erhebt er sich abermals, und ich höre jemanden rufen: »Da ist es! Da ist es!« Diese Stimme kommt mir irgendwie bekannt vor.

Das schwarze Etwas, das sich am vorigen Tag in der Abenddämmerung am Horizont abgezeichnet hat, sind also Menschen, die die ganze Nacht lang durch die Ebene gewandert sind, um meine Prophezeiung zu vernehmen. Wie furchtbar! Es bleibt mir nichts anderes übrig, als das Weite zu suchen, bevor ich von ihnen eingefangen werde. Eilends stürme ich in östlicher Richtung los. Alsbald erscheint von Osten her ein blasses Licht, dessen Leuchten immer stärker wird. Mit einem Mal erkenne ich dort eine furchtbar große Menge von Menschen, die wie eine schwarze Wolke vorwärtsdrängt. In diesem Moment dreht der Wind nach Osten, und ein lärmendes Rufen ist zu hören. »Da ist es! Da ist es!«, vernehme ich es wie von ganz nah, es klingt wie eine Stimme, die mir gut bekannt ist. Ich schrecke zurück, und als ich jetzt gen Norden fliehen will, erhebt sich sogleich der Nordwind, und von ihm getragen nähert sich mir eine große Schar Menschen, die schreien: »Da ist es! Da ist es!« Als ich in südlicher Richtung fliehen will, dreht sich der Wind gen Süden, und auch von dort rückt eine unsagbar große Anzahl von Menschen auf mich zu. Flucht ist unmöglich.

All diese vielen Menschen haben sich mit der Absicht bis hierher durchgeschlagen, ein Wort der Prophezeiung aus meinem Mund zu hören. Wie furchtbar würde ihr Zorn sein, wenn ich nun als Fabeltier keine einzige Prophezeiung von mir gäbe. Es erschüttert mich nicht allzu sehr, dass mich am dritten Tag der Tod erwartet, aber zuvor gepeinigt zu werden, ist mir doch zuwider. Voller Zorn stampfe ich auf, denke nur an Flucht. Am westlichen Himmel hängt träge der gelbe Mond, wie aufgedunsen. Die Landschaft liegt da wie vergangene Nacht. Ich betrachte den Mond und verfalle in düstere Ratlosigkeit.

Die Nacht geht zu Ende. Inmitten der weiten Ebene bilden die vielen Menschen in einiger Entfernung um mich herum einen Kreis. Erschreckend viele, ich kann nicht sagen, wie viele Tausend oder gar Zehntausend. Ein paar Dutzend davon treten vor mich hin und betätigen sich geschäftig. Sie schleppen Bauholz heran und errichten einen langen Zaun, der mich umschließt. Dahinter konstruieren sie eine Treppe und eine Tribüne.

Allmählich verstreicht die Zeit, es ist wohl schon Mittag. Zur Untätigkeit verurteilt, bleibt mir nichts anderes übrig, als den Leuten bei ihrer Arbeit zuzusehen. Sie treffen diese Vorbereitungen sicher, um während der nächsten drei Tage meinen Voraussagen lauschen zu können. Da ich aber nicht das Geringste zu sagen habe, gerate ich bei dem Gedanken daran, derart eingepfercht zu sein, in immer ärgere Not. Ich überlege mir, wie ich jetzt noch davonkommen kann, doch nirgends gibt es eine Lücke.

Die Menschen besteigen die fertige Treppe, auf den Sitzen quetscht sich bald einer dicht neben den anderen. Die Leute, die auf der Tribüne keinen Platz mehr finden, drängen sich darunter oder hocken sich daneben. Nun tritt unter der Westseite der Tribüne ein weiß gekleideter Mann hervor, der eine Art Wasserbecken in beiden Händen hält. Langsam kommt er auf mich zu, offeriert es mir dann ehrerbietig. Ringsumher kehrt tiefe Stille ein. Der Mann nähert sich mir mit umständlicher Feierlichkeit, bleibt vor mir stehen, stellt das Becken auf den Erdboden und begibt sich wieder zurück an seinen Platz. Es ist bis an den Rand mit wunderbar klarem Wasser gefüllt: wohl eine Aufforderung zum Trinken. So gehe ich auf das Becken zu und nehme einen Schluck.

Schlagartig wird es laut in der Menge ringsum. »Es hat getrunken! Es hat getrunken!«, ertönen Stimmen. »Endlich, endlich! Gleich ist es so weit!«, rufen andere.

Verwundert blicke ich um mich. Die Leute scheinen zu meinen, dass ich nach dem Trunk Prophezeiungen von mir geben werde. Ich habe aber nichts zu sagen, wende ihnen daher bloß meinen Rücken zu und wandere ein wenig auf und ab. Der Tag neigt sich allem Anschein nach seinem Ende zu. Hoffentlich wird es bald Nacht.

»He, es lässt uns einfach stehen!«, sagt einer überrascht.

»Vielleicht ist es ja heute noch nicht so weit.«

»Dann wird seine Prophezeiung umso bedeutungsvoller sein!«

An alle Stimmen, die ich da sprechen höre, meine ich eine Erinnerung zu haben. Ich blicke deshalb in die Runde, und das Gesicht eines Mannes, der sich an den Zaun presst und wie besessen zu mir herüberstarrt, kommt mir bekannt vor. Zuerst bin ich mir noch nicht sicher, aber beim näheren Hinsehen glaube ich mich zu entsinnen. Als ich mich weiter umsehe, erblicke ich dort meine Freunde, Verwandte, meine alten Schullehrer, Schüler, die ich unterrichtet habe. All diese Gesichter drängen sich jetzt um den Zaun. Sie schieben die anderen Leute beiseite und starren unverwandt zu mir herüber, sodass mir ganz unbehaglich zumute wird.

»He!«, ruft da einer. »Sieht dieses Fabeltier nicht irgendjemandem ähnlich?«

»Kann sein, aber ich bin mir nicht sicher«, antwortet ein anderer.

»Doch ja! Es sieht jemandem ungemein ähnlich, aber die betreffende Person fällt mir einfach nicht ein.«

Fassungslos höre ich diesem Gespräch zu. Wenn meine Freunde erfahren würden, dass ich es bin, der sich in so ein behaartes Ungetüm verwandelt hat, würde ich vor Scham vergehen. »Besser, sie sehen mein Gesicht nicht so genau«, denke ich und blicke nicht wieder in die Richtung, aus der die Stimmen kommen.

Inzwischen dämmert es. Verschwommen hängt der gelbe Mond am Himmel. Je blasser er wird, desto mehr versinken Zaun und Podest im Halbdunkel, und es wird Nacht.

Die Leute haben ringsumher Lagerfeuer entzündet. Das Licht der Flammen dringt durch die Dunkelheit bis in den mondbeschienenen Himmel. Die Leute schlafen nicht, sondern warten auf einen Laut von mir. Die Lagerfeuer, die rotschwarze Schatten auf die Oberfläche des Mondes werfen, verlöschen allmählich. Der Mond verblasst, Wind kommt auf, der den Anbruch des Morgens ankündigt. Wieder ist es Tag.

Während der Nacht haben augenscheinlich weitere Tausende von Menschen die Ebene durchquert. Um den Zaun herum geht es noch lebhafter zu als am Tag zuvor. Die Leute laufen ununterbrochen in Reihen auf und ab. Die Stimmung ist um einiges unruhiger als am Vortag, mir ist allmählich bange zumute.

Es dauert nicht lange, da nähert sich mir erneut der weiß gekleidete Mann mit dem Becken und streckt es mir entgegen. Darin befindet sich, wie erwartet, das Wasser. Der Mann im weißen Gewand trägt es mir respektvoll an. Ich verspüre jedoch keinen Durst, und da man, wenn ich tränke, wieder eine Äußerung von mir erwarten würde, würdige ich es nicht einmal eines Blickes.

»Es trinkt nicht«, ist eine Stimme zu vernehmen.

»Ruhe! Man spricht jetzt nicht!«, sagt einer.

»Es wird sicher eine bedeutungsvolle Prophezeiung äußern. Das ist ganz außergewöhnlich, dass es sich so viel Zeit nimmt«, sagt ein anderer.

Hinter meinem Rücken wird es wieder laut, die Leute gehen unablässig auf und ab. Der Mann im weißen Gewand bringt ein ums andere Mal Wasser. Sobald er mir aufwartet, verfällt die Menge in tiefes Schweigen. Als man jedoch sieht, dass ich das Wasser verweigere, steigt der Lärm der Menge bedrohlich an. Immer öfter bringt man mir nun Wasser. Man hält es mir sogar direkt unter die Nase. Es ist schon nicht mehr auszuhalten, und ich werde wütend.

Da nähert sich erneut ein Mann, um mir Wasser anzubieten. Er stellt sich an meine Seite und starrt eine Weile in mein Gesicht, dann rückt er Stück für Stück näher und streckt mir aufdringlich das Becken entgegen. Das Gesicht dieses Mannes kommt mir bekannt vor. Ich weiß zwar nicht, um wen es sich handelt, aber sein Anblick verstimmt mich.

Als der Mann sieht, dass ich keine Anstalten mache, das Wasser zu trinken, schnalzt er ärgerlich mit der Zunge. »Willst du wohl trinken!«, drängt er mich.

»Ich mag nicht!«, sage ich wütend.

Bei diesen Worten geht ein gewaltiger Aufruhr durch die Menge. Als ich erstaunt um mich blicke, springen die Zuschauer von ihrem Podest herab, und die, die sich um den Zaun gedrängt haben, klettern jetzt über ihn, um mit furchtbarem Geschrei auf mich zuzustürmen.

»Es hat gesprochen!«

»Es hat endlich etwas von sich gegeben!«

»Was hat es nur gesagt?«

»Nein, es wird erst noch sprechen!«, mischt sich eine andere Stimme ein.

Nun erst bemerke ich, dass der gelbe Mond wieder am Himmel hängt und es um mich herum dunkel wird. Schon geht der zweite Tag zu Ende. Aber noch immer kommt keine einzige Prophezeiung aus meinem Mund. Ich fühle mich dennoch nicht, als müsste ich bald mit meinem Ableben rechnen. Vielleicht muss man ja doch nicht unbedingt sterben, wenn man keine Voraussage trifft. Natürlich ziehe ich es vor, nicht zu sterben. Plötzlich ist mir mein Leben lieb und teuer.

Die Schnellsten aus der heraneilenden Menge haben mich mittlerweile erreicht. Die, die hinterherstürmen, drängen die Ersten beiseite, und diese werden wiederum von den Nachfolgenden beiseitegedrückt. In diesem Tumult versuchen sie sich gegenseitig zur Ruhe zu mahnen: »Leise! Leise!« Da ich mich sorge, was mir von der enttäuschten und verärgerten Menge angetan werden würde, suche ich nach einem Fluchtweg, aber eingekeilt von diesen Massen, gibt es nicht die winzigste Lücke, durch die ich entkommen könnte. Der

Lärm schwillt immer stärker an, und von hier und da ist Jammergeschrei zu vernehmen. Die Menschenmenge drängt sich dichter und dichter an mich heran.

Ich kann das bald nicht mehr ertragen. In meiner Not trinke ich das Wasser aus dem Becken. Mit einem Schlag verstummt der Lärm, und es wird totenstill. Ich schrecke auf, als ich es bemerke, und denke, jetzt gibt's kein Zurück mehr. Ich blicke in die gespannt lauschende Menge und erschaudere vor Furcht. Am ganzen Körper bricht mir der kalte Schweiß aus.

Da ich beharrlich schweige, beginnt sich das Gemurmel langsam wieder zu erheben. Es sind Stimmen zu hören wie: »Was ist nur los? Das ist doch seltsam!« – »Gleich geht's los, das muss eine ungeheuerliche Prophezeiung werden!«

Der Lärm hält sich jedoch in Grenzen. Ich bemerke, dass sich eine gewisse Unrast in der Menge breitgemacht hat. Mein Gemüt beruhigt sich ein wenig, und als ich die Gesichter in der ersten Reihe um mich herum mustere, ist mir ein jedes bekannt. Auf allen zeichnet sich eine merkwürdige Bangigkeit ab. Als ich dies erkenne, schwindet meine Angst, und ich fasse mich. Plötzlich verspüre ich Durst und nehme noch einen Schluck Wasser aus dem vor mir platzierten Becken. Schlagartig wird es wieder totenstill. Diesmal sagt keiner mehr auch nur ein Wort. Die Angst der Menschen wächst und schnürt ihnen augenscheinlich den Atem ab.

Dies bange Warten dauert eine Weile an, dann erhebt sich eine Stimme: »Oh, wie grauenhaft!« Die Äußerung fiel ganz leise, war aber doch deutlich vernehmbar.

Die Menschenmenge lichtet sich etwas. Sie scheint den Rückzug anzutreten.

»Mir schaudert vor dieser Prophezeiung. Was für eine schreckliche Voraussage wird es treffen, wenn es sich so gebärdet!«, sagt einer.

»Besser ist es, die Prophezeiung nicht zu hören, egal ob sie Gutes oder Schlechtes verheißt! Bringen wir das Fabeltier um, bevor es etwas sagen kann!«

Diese Worte lassen mich zusammenfahren. Soeben denke ich: »Ich will nicht getötet werden«, da muss ich erkennen, dass gerade diese Stimme meinem Sohn gehört, den ich in dieser Welt zurückgelassen habe. Die Stimmen, die ich bislang vernommen habe, sind mir zwar alle vertraut erschienen, aber ich konnte sie nicht zuordnen. Nur die meines Sohnes erkenne ich. Ich will einen Blick auf ihn, der sich inmitten der Menge befindet, erhaschen und beuge mich jetzt nach vorn.

»Da, das Fabeltier hat den Vorderfuß gehoben!«

»Nun wird es uns seine Verkündigung preisgeben!«, erklingt eine atemlose Stimme. Da löst sich die Menschenmauer, in der vorher keine einzige Lücke zu sehen gewesen war, mit einem Mal auf. Ohne weitere Worte zu verlieren, suchen die Leute in großer Hast plötzlich das Weite. Sie springen über den Zaun, drängen unter dem Podest hindurch, enteilen flugs in sämtliche Richtungen. Nachdem sich die Menge zerstreut hat, bricht die Abenddämmerung wieder herein, und der Mond beginnt träge in gelbem Licht zu erstrahlen.

Ich bin erleichtert und strecke die Vorderbeine aus, gähne dann ausgiebig, drei- oder viermal hintereinander. Irgendwie habe ich nicht das Gefühl, bald sterben zu müssen.

ECHO

Eine Frau geht am Rande eines großen Teichs, auf dem Rücken trägt sie ihr Kind, sie weint und weint. Auch das Kind weint bisweilen. Ich folge den beiden. Die Sonne geht gerade unter. Die weiten Felder liegen bereits im Dunkeln, nur über dem Teich ist es noch ein wenig hell. Schatten tanzen über die blässliche Wasseroberfläche. Blickt man zum Himmel auf, sieht man dort schwarze Wolkenfetzen rasen. Immer wieder muss ich an zu Hause denken. Heim muss ich, heim! Zu Hause warten ja die Kinder. Aber es gelingt mir nicht, mich von der Frau mit ihrem Kleinen zu trennen, ich kann einfach nicht umkehren.

Auch auf dem Weg wird es allmählich dunkel. Vom Teich her dringt ein schimmernder Schein, er erfasst die Frau mit dem Kind auf dem Rücken. Wie eine blasse Silhouette gleitet sie langsam vorbei. Das Kind hat aufgehört zu weinen, das erbarmungswürdige Schluchzen der Frau, der ich in geringer Entfernung folge, kann ich hingegen noch ganz deutlich hören. Ich will wissen, woher ich dieses Weinen kenne, deshalb bin ich ihr so weit nachgelaufen. Immer wenn ich denke, jetzt fällt es mir gleich ein, komme ich dann doch nicht darauf, solange ich ihr auch hinterhergehe. Da das Kind nicht weint, schläft es gewiss auf dem Rücken der Frau. Bei diesem Gedanken bin ich beruhigt, warum, kann ich mir nicht erklären.

An einer bestimmten Stelle führt der Pfad vom Teich weg. Hier steht am Rand ein steinerner Jizo-Bodhisattva, davor brennt ein kleines Licht. Die rote Flamme flackert und zuckt, als ob sie auf Wasser schwömme. Ich betrachte ihren Docht und folgere, dass das Licht eben erst entzündet worden sein muss.

Genau beim Jizo biegt die Frau auf den Weg ein. Dunkler und dunkler wird es ringsum, und ihre Gestalt ist immer schlechter zu erkennen. Aber das Weinen kann ich hören wie zuvor. Wind kommt auf, Krähen krächzen am düsteren Himmel. Da beginnt auch das Kind auf dem Rücken der Frau mit einem Mal wieder zu weinen. Ein Junge vermutlich, aber sein Stimmchen ist sehr schwach, sicher geht es ihm nicht gut. Vielleicht hat er Hunger und will Milch trinken. »Du bist ein gutes Kind, ein gutes Kind«, murmle ich vor mich hin.

Endlos läuft die Frau diesen dunklen Weg entlang. Plötzlich weiß ich, dass ich nicht mehr nach Hause zurück kann, wenn ich nun mit ihr weitergehe. Wie oft denke ich daran, mich einfach umzudrehen? Aber gerade dann ist mir zumute, als werde es mir nun endlich klar, wessen Stimme es ist, die da weint, und ich bringe es nicht über mich, umzukehren.

Wir kommen an einem Ort vorbei, an dem auf der einen Seite des Weges zwei, drei Häuser dicht beieinanderstehen. Die Türen der Häuser sind alle geschlossen. Innen ist es finster, aus den Ritzen dringt keine Spur von Licht. Als ich den Ort passiere und das leise Echo meiner Schritte vernehme, erinnere ich mich plötzlich: Ja, hier bin ich schon einmal gewesen. Ich erinnere mich, dass es mir damals war, als verfolgte mich das Geräusch eines jeden meiner Schritte.

»Nein, es waren meine Schritte, die du da gehört hast«, sagt die Frau. Sie läuft nun neben mir. Kaum entsinne ich mich, diesen Weg schon gegangen zu sein, trifft es mich, als würde ich in kaltes Wasser getaucht.

Der Weg durchläuft eine Krümmung, führt hoch zu einem Damm, dann hinunter an einen Ort, der wie ein Flussbett aussieht, und schließlich über eine seltsame Brücke. Sie ist schmal, so schmal, dass man mit beiden Händen an das Geländer fassen kann. Unangenehm ist es, wenn ihr Bretterboden bei jedem Tritt schaukelt. Weinend geht die Frau über die Brücke. Sofort vermittelt sich meinen Beinen die Bewegung der Bretter von jedem ihrer Schritte. Unheimlich. Ich laufe über die schwankenden Bretter, und da erinnere ich mich, dass ich auch nicht zum ersten Mal diese Brücke überquere.

Jetzt bin ich wirklich nah dran, die Stimme der weinenden Frau wiederzuerkennen. Ich fürchte mich davor.

Ich halte an, will umkehren. Zu Hause erwarten mich die Kinder. Der Wind bläst, unter der Brücke erhebt sich ein flüsterndes Rauschen. Die Brücke führt wohl über ein Feld mit hohem Schilf. Als der Wind verstummt, fängt das Kind auf dem Rücken der Frau zu jammern an. Es klingt noch kläglicher als vorhin. Ich stehe einfach da, und als die Frau weiterwandert, vermittelt sich mir der Widerhall eines jeden ihrer Schritte. Sie entfernt sich, ich glaube deutlich zu spüren, wie das Schwanken der Bretter immer schwächer wird. Gerade das ist trostlos, ich kann es nicht mehr ertragen. Schnell folge ich ihr wieder.

Immer dunkler wird es ringsum, kein einziger Lichtstreif am Himmel. Während ich die Brücke überschreite, kann ich nicht mehr ausmachen, wo die Grenze zwischen dem Weg und den Feldern verläuft. Ich folge nur dem Weinen der Frau und spüre, wie sich die Finsternis der Erde mit der Finsternis des Himmels inniger und inniger vermengt. Der Wind ist abgeflaut. Die Blätter rauschen nicht mehr. Ihr Weinen ist es, das Weinen der Frau mit dem Kind auf dem Rücken, das mich weiterzieht, immer weiterzieht. Ich denke nicht mehr an mein Zuhause. Auf meinem Weg durch diese schreckliche Finsternis muss ich stattdessen unablässig über Vergangenes grübeln.

TREIBHOLZ

Ich komme an einem einsamen Viertel vorbei, an einer Reihe von Anwesen, die in Besitz ehemaliger Angehöriger des Kriegerstandes sind. Auf dem Weg davor liegt eine Geldbörse, ich hebe sie auf. Niemand, der mich dabei sehen könnte, ist in diesem Moment zugegen. Als ich die Börse öffne und verstohlen hineinblicke, steckt ein Zehn-Yen-Schein darin. »Alles sofort bei der Polizei abliefern«, denke ich und schlage den Weg zur Wache ein.

Unterwegs beginne ich mir Sorgen zu machen. Was, wenn mich ein Polizist anhält, bevor ich bei der Wache angekommen bin? Auch wenn ich ihm versicherte, gerade zur Polizeistation unterwegs zu sein, ist es doch sehr zweifelhaft, ob er mir glauben würde. Nur den Weg dorthin eingeschlagen zu haben reicht als Beweis gewiss nicht aus. Was könnte ich denn dagegen tun, dass man mich wahrscheinlich für einen Dieb halten und festnehmen würde? Besser, ich hätte den Geldbeutel nicht aufgehoben! Schon bereue ich es.

Ich ziehe die Börse, die ich in die Brusttasche gesteckt habe, heraus und gehe weiter, halte sie dabei offen in der Hand. Mit der eingesteckten Börse hätte ich mich nur noch verdächtiger gemacht.

Ein Mann kommt mir entgegen. Er trägt eine englische Jagdkappe und einen schmalen Gürtel zu seinem Gewand, in das er lässig die Arme geschoben hat. Sicher ein Polizeispitzel. Ich werde blass. An Flucht darf ich jetzt nicht denken, so bewege ich mich weiter auf ihn zu.

Bis sich unsere Wege kreuzen, überlege ich hin und her. Ist er tatsächlich ein Detektiv, kann ich ihm ja alles erzählen; aber ich bin mir nun mal nicht sicher. Offenbare ich mich meinerseits und es stellt sich danach heraus, dass er keiner ist, wäre das äußerst gefährlich, denn wenn es sich bei ihm um einen Schurken handelt, wird er mich töten, um mir das Geld abzunehmen. Besser, ich schweige.

Wir gehen aneinander vorbei, der Mann blickt mir ins Gesicht. Ich erstarre, bleibe kurz stehen, sage aber kein Wort. Der andere geht einfach so vorüber. Vielleicht lässt gerade dieses Verhalten nur den Schluss zu, dass er mich hinterher verhaften wird. Um dem zuvorzukommen, will ich schnell zur Polizei, die Börse abliefern. Eifrig beschleunige ich meine Schritte.

Ich komme zu einem großflächigen Reisfeld. Die Sonne brennt herunter. Vor mir sehe ich das weiße Gebäude der Polizeistation. Nach allen Seiten blickend, haste ich darauf zu.

Drüben am Reisfeld exerzieren die Polizisten. Etwa vierzig oder fünfzig Mann bilden eine Reihe, sie marschieren im Gleichschritt. Sieht ganz so aus, als bewegten sie sich in meine Richtung. Sehr unangenehm, ich beeile mich, den Weg zu verlassen.

Der schmale Pfad schlängelt sich endlos dahin, ich kann einfach nicht zur Polizeistation gelangen. Schon recht müde, bereue ich es erneut, etwas, was mir so viele Schwierigkeiten bereitet, nicht liegen gelassen zu haben. Hätte ich es doch gleich wieder an seinen Ursprungsort zurückbefördert!

Hinter mir ruft jemand. Ich zucke zusammen, fliege herum. Ein westlich gekleideter Mann schaut auf meine Hand. »Hast wohl Geld gefunden? Ist es recht viel?«, fragt er mich.

»Bin gerade dabei, es bei der Polizei abzuliefern«, bringe ich endlich hervor.

»Wie schade. Ist es denn so viel?«, will der Mann erneut wissen. Ich überlege, wer das bloß sein kann. Aber etwas verbergen zu wollen, nachdem ich danach gefragt wurde, halte ich für schlecht, und so antworte ich ihm, es seien zehn Yen.

»Ach was! Nur so wenig? Dann kannst du es ja gleich wegwerfen«, meint der Mann.

Ich spiele mit der Idee, das Geld fahren zu lassen.

»Leg es am besten dorthin zurück, wo es her ist«, sagt der Mann.

Jetzt weiß ich Bescheid! Der Mann will mich sicher nur deshalb dazu bringen, das Geld wegzuwerfen, damit er es selbst nehmen kann. Bei diesem Gedanken wird es mir plötzlich lieb und teuer. Ich umklammere die Börse mit aller Kraft. Das Geld gehört mir! Ich muss es auch nicht bei der Polizei abliefern, besinne ich mich.

Der Mann beginnt mir unverwandt ins Gesicht zu starren. Nein, jetzt gebe ich die Börse erst recht nicht zurück. Ohne ein weiteres Wort zu verlieren, lenke ich meine Schritte eilig in Richtung Polizeistation. Den Weg kann ich ja dann verlassen. Da beschleunigt der Mann ebenfalls seinen Gang und kommt mir nach. Schließlich fühle ich mich bedrängt und fange an zu laufen. Wieder setzt der Mann mir nach und verfolgt mich. »Dieb! Dieb!«, schreit er mit lauter Stimme. Ich fliehe, so schnell ich kann. Wie besessen renne ich davon. Endlich ist der Mann nicht mehr hinter mir. Trotzdem, sicher kann ich nicht sein, ob er mich nicht von irgendwoher beobachtet.

Ich will mich verstecken, doch ringsum finde ich keinen geeigneten Platz. Ein Damm! Ein kleiner Fluss fließt daneben, hinter dem Damm geht es steil nach unten. Also steige ich hinauf. Ich laufe und laufe, werfe dabei verstohlen einen Blick ins Innere der Börse, wo der Zehn-Yen-Schein sicher verwahrt ist. Ich habe schon eine ziemlich weite Strecke hinter mich gebracht, der

Weg wird immer rutschiger, und als ich genau hinsehe, bemerke ich, dass der Damm nur aus lauter losen kleinen Kieseln besteht; jedes Mal, wenn ich auftrete, rieseln einige in den Fluss. Auch wenn ich innehalte, bröckelt der Boden unter meinen Füßen weg, ich darf also nicht stehen bleiben. Soll ich umkehren? Dann würde ich aber auf den Mann von vorhin treffen. Die Orte, an denen ich vorbeigekommen bin, die machen mir nur Angst, ich kann einfach nicht mehr zurück.

Während ich noch nach einem Ausweg suche, rutsche ich immer weiter nach unten, auf den Fluss zu. Arbeite ich mich hastig ein paar Schritte hoch, schlittere ich anschließend umso tiefer. Weiter und weiter rutsche ich ab, strample wie verrückt, bleibe endlich an etwas hängen. Ein Stück Treibholz hat sich zwischen meinen Füßen verfangen. Ich stehe still, mache keine Bewegung mehr. Plötzlich kommen mir die Tränen. Ich bin zum Dieb geworden. Als mir meine Frau und die Kinder einfallen, dringt aus meiner Kehle ein lautes Schluchzen. Unter Tränen öffne ich die Börse und schaue noch einmal hinein.

EIDECHSEN

Ich bin in Begleitung einer Frau, wir gehen zusammen aus und wollen eine Schaubude besuchen. Wir laufen schon recht lange durch eine entsetzlich breite Straße, ohne irgendwo abzweigen zu können, und so weit man auch läuft, die Straße führt immer nur geradeaus. Kieselsteine bedecken den Weg vor unseren Füßen. Zwischen den Steinen sprießt Gras hervor, und Eidechsen tummeln sich. Ab und zu kommen uns Menschen entgegen. Im Vorbeigehen betrachten sie mein Gesicht und das der Frau. Zunächst denke ich mir nichts dabei, während wir weiterlaufen, macht es mir jedoch allmählich Sorgen, und ich würde gerne irgendwo abbiegen. Aber der Weg in der prallen Sonne verläuft ohne Seitenstraßen stetig geradeaus, und es bleibt mir nichts anderes übrig, als ihm endlos zu folgen. Während wir laufen, fasse ich von Zeit zu Zeit nach der Hand der Frau. Sie ist glatt. Wenn man sie berührt, fühlt sie sich kühl an, drückt man sie ein wenig, wird sie von innen her warm. Weil sie immer heißer wird, je länger man sie drückt, lasse ich die Hand bald wieder los und gehe allein weiter. Die Frau passt sich meinem Tempo an und folgt mir schweigend.

Mittlerweile geht es in der Stadt, die bis vor Kurzem ganz ruhig war, recht lebhaft zu. Auch die Zahl der Leute, die uns entgegenkommen, wächst stetig. Hundegebell ertönt, ich glaube auch den Klang einer Trommel zu hören. Wir nähern uns dem Werbebanner für die Raritätenschau. Eine große bemalte Fahne zeigt einen Bären, wie er einer Kuh die Flanke aufreißt. Blut fließt aus der Wunde, die der Bär gerissen hat, tiefrot ist das Banner. Kaum sehe ich das Bild, ist mir schon die Lust vergangen, die Schau zu besuchen. Ich will gerade zu der Frau sagen, wir sollten unser Vorhaben lieber aufgeben und umkehren, da drückt sie ganz fest meine Hand und meint: »Oh, das scheint ja interessant zu sein! Beeilen wir uns!« Ich bin verblüfft. Was ich ihr mitteilen wollte, bringe ich jetzt nicht mehr heraus.

Dunkle Wolken breiten sich am Himmel aus, ein großes Fleckenmuster aus Hell und Dunkel, Donnergrollen ertönt. Auf der Straße, die gerade noch von Sonnenlicht durchflutet war, wird es schlagartig finster. Wind streicht um unsere Füße, er zerzaust die dichten Grasbüschel zwischen den Steinen. Ich bereue, die Frau an so einem Tag ausgeführt zu haben, aber nun ist es zu spät, umzukehren. Ich spüre die Hand der Frau wärmer werden, auch das ein schreckliches Gefühl.

Endlich gelangen wir zur Schaubude. Davor stehen viele rote Fahnen in Reih und Glied, in ihren Schlaufen stecken bläulich schimmernde Bambusstangen. Bei jedem Windstoß klatschen sie mit einem satten Laut durch die Luft. Weil am Himmel düstere Wolken vorbeifliegen, zeigen sich auf den Fahnen dunkle Flecken, und diese lassen auch den Mann am Haupteingang, der in ihrem Schatten sitzt, düster wirken. Von Zeit zu Zeit lässt er laut seine Stimme ertönen, aber was genau er brüllt, ist nicht zu verstehen. Wahrscheinlich will er Kunden anlocken, doch bis auf mich und die Frau befindet sich in der Nähe der Bude sowieso kein einziger Mensch. Angesichts dieser Umstände ist es mir noch unangenehmer, sie betreten zu müssen.

Bedrängt von der Frau, bezahle ich das Eintrittsgeld. Der Einlasser schlägt auf ein großes Holzschild und schnarrt: »Eine Karte gelöst, zwei Karten gelöst!« Aus der Bude tritt ein blasser Jüngling und führt mich und die Frau nach hinten, wo es kaum Licht gibt. Als wir eintreten, donnert es wieder. Diesmal klingt das dunkle Grollen näher als vorhin.

Die Bude hat beängstigende Ausmaße. Drinnen stehen die Schaulustigen dicht an dicht, wie die Kerne in einem Granatapfel. Zu allem Übel ist es ringsum totenstill, keiner rührt sich. Mir sinkt der Mut, was musste ich die Frau auch an so einen Ort bringen? Der blasse Jüngling, der uns führt, zieht uns ganz selbstverständlich immer weiter vom Eingang fort ins Innere hinein. Hier befindet sich auf der einen Seite die Bühne, gegenüber sind die Sitzplätze. Die Plätze in der ersten Reihe lassen sich noch über eine einfache Treppe erreichen, weiter hinten führen sie jedoch immer höher und höher, und da, wo ich und die Frau sitzen müssen, kommt es mir so vor, als befänden wir uns bereits mehr als zehn Meter über dem Erdboden.

Ich hocke neben der Frau, und wir schauen auf die Bühne. Dort ist noch nichts zu sehen. Im Hintergrund ist es dämmrig, kaum etwas zu erkennen. Ein halb nackter Mann mit einer Fackel kommt, nachdem schon einige Zeit verstrichen ist, aus der Dunkelheit hervor und verschwindet gleich wieder. Vage nehme ich wahr, dass hinten auf der Bühne einige große Käfige aufgereiht stehen. In denen sitzen wohl die Bären. Mir wird angst und bange. Die Frau wendet sich an mich: »Spendier mir eine Kleinigkeit zum Essen!« Mich beschäftigt der Bärenkäfig, hier ist wirklich nicht der Ort, an Essen zu denken. Trotzdem: lieb, wie sie das jetzt sagt.

Über die Plätze sind Strohmatten gebreitet, darauf hat man Sitzkissen gelegt. Das Stück Bein, das über das Kissen hinausragt, wird unangenehm von den Halmen zerstochen. Der Frau muss das ja noch mehr zusetzen. Also gut, wenn ein Verkäufer vorbeikommt, bekommt sie was. Plötzlich ein dumpfes Geräusch aus unbestimmbarer Richtung! Zuerst denke ich, es ist wieder

der Donner. Dann noch mal! Diesmal kommt es von hinter der Bühne. Stammt das von den Bären? Klingt wie Erdklumpen, die in einem tiefen Loch zerbersten. Das Dröhnen ist verklungen, da sagt die Frau nach einer Weile mit einem glücklichen Seufzer: »Oh, ja!«

Wieder warten wir ziemlich lange. Vier, fünf Männer treten jetzt auf die Bühne und arbeiten dort emsig. Hoffentlich passiert nicht gleich wieder etwas Fürchterliches. Angestrengt verfolge ich das Geschehen. Plötzlich sind alle Männer, die an verschiedenen Stellen der Bühne beschäftigt waren, abgezogen, doch offensichtlich nur, um alsbald erneut aus dem Dämmerlicht hervorzukommen. Nun schieben sie einen der großen Käfige vor sich her. Im Käfig hockt, etwas abgewandt und behäbig breit, ein Braunbär, so riesenhaft groß, wie ich es nicht mal aus Erzählungen kenne. Die Zuschauer, die bisher wie erstarrt dasaßen, fangen auf einmal an in die Hände zu klatschen. Das rührt den Bären wenig, er dreht sich weg. Umso furchteinflößender, finde ich. »Los, gehen wir«, sage ich zu der Frau.

»Aber wir haben doch noch keine einzige Nummer gesehen«, meint sie und zieht mich am Ärmel zurück, als ich aufstehen will. Ich lasse mich also wieder nieder, und wie mein Blick unversehens auf die Bühne fällt, steht da der Bär auf seinen vier Tatzen. Den Kopf gesenkt, visiert er die Zuschauerplätze durch die Gitterstäbe hindurch an.

Nach einer Weile kommen zwei der Männer von hinten, sie ziehen eine große, braune Kuh hinter sich her. Kaum befindet sich die Kuh auf der Bühne und sieht den Bären, entfährt ihr ein grässliches Gebrüll. Mit aller Gewalt schieben die beiden halb nackten Männer sie an den Käfig heran. Der Bär nimmt die Kuh wahr, duckt sich tief auf den Boden und verharrt wie erstarrt, die Augen unverwandt auf das andere Tier gerichtet. Dieser Anblick ängstigt mich noch mehr als das Brüllen des Rindviehs.

Mittlerweile sind wieder zwei, drei der entblößten Männer auf der Bühne, sie sind dabei, die Türen des Käfigs zu öffnen. Etwas Entsetzliches würde geschehen, ließe man den Bären jetzt los! Als ich aufstehen will, sehe ich, dass er einen schweren Eisenring um den Hals trägt, mit zwei Ketten daran. Die Männer ergreifen sie von beiden Seiten und zurren sie so fest, dass der Bär sich weder nach links noch nach rechts drehen kann. In diesem Moment öffnet ein weiterer Mann die Käfigtür. Gehalten von den Ketten, trottet der Bär brav los.

»Jetzt ist er ja endlich draußen. Ob sie ihn wohl gewähren lassen, bis sie tot ist?«, fragt die Frau, als ob sie nur darauf warten würde.

Breitbeinig steht der Bär mit seinen vier Tatzen auf der Bühne, er macht auf mich einen unbeschreiblich furchtbaren Eindruck. Komisch, dass die Schaulustigen dabei alle ganz ruhig bleiben. Warum habe ich nur an so einen Ort kommen müssen? Die Frau, die ich mitgebracht habe, wird mir zudem allmählich verdächtig.

Die Kuh brüllt erneut, da hebt der Bär, der bislang ganz friedlich zwischen den Männern gesessen hat, die Tatzen und will sich aufrichten. Als sie ihn mit den Ketten daran hindern wollen, stemmt er sich nach hinten und schüttelt heftig das Haupt. Die Männer zu beiden Seiten zeigen sich sehr erstaunt. Auf der Bühne bricht eine gewisse Unruhe aus, jetzt postieren sich fünf oder sechs von ihnen rund um den Bären.

»Der scheint ja mächtig stark zu sein«, meint die Frau, was mich verwundert. Dass sie sich so gut zu unterhalten scheint, ist zum einen unverständlich, zum anderen abstoßend.

Immer wilder schüttelt der Bär sein Haupt, die Männer geraten zusehends aus der Fassung. Mit lauten Stimmen schreien sie sich etwas zu. Ich höre, wie einer ruft: »Nein! Nein!« Da stößt die Kuh erneut das schreckliche Brüllen aus.

»Komm, gehen wir lieber.« Ich ergreife die Hand der Frau – heiß wie Feuer.

»Warum denn?« Die Frau strahlt mich an.

In diesem Moment brüllt die Kuh erneut los. Da presst die Frau mit ihrer Hand die meine, dass es fast schmerzt.

»Du, du! Warum willst du denn schon gehen?«, fragt sie. Irgendwie scheinen ihre Worte der Situation nicht gerecht zu werden. Ratlos betrachte ich ihr Gesicht. Es ist vom Lachen ganz aufgelöst, und ihre Augen fixieren die meinen. Das macht mir wieder große Angst, und ich schaue mich nach allen Seiten um. Da sehe ich, dass alle Zuschauer verschwunden sind. Die Plätze sind gähnend leer, die Sitzkissen liegen in sämtliche Richtungen verstreut, alles wirkt sehr trostlos. Mich hält es nicht länger auf meinem Platz. Besser, die Frau sitzen lassen und fliehen! Während ich mit aller Kraft ihre Hand abzuschütteln versuche, ertönt von der Bühne her der Schmerzensschrei eines Menschen. Einer der halb nackten Männer wird vom Bären angefallen und in die Flanke gebissen. Das Blut spritzt heraus und färbt seinen Körper rot. Niemand ist mehr auf der Bühne. Der Bär schleudert den leblosen Körper beiseite und stellt sich auf die Hinterbeine. Er ist drauf und dran, sich jetzt auf die Kuh zu stürzen. Fliehen, oder es ist zu spät! Ich stoße die Frau von mir weg. Blindlings beginne ich die Sitzreihen hinabzustürmen. Mein Blick fällt auf die Bühne, wo der Bär sich soeben auf die Kuh geworfen hat und ihren Nacken mit seinen beiden Vordertatzen umschlungen hält. Dieses Bild ist so grässlich, dass ich mich abwenden muss. In diesem Moment stürzt sich die Frau auf mich, umfängt meinen Hals mit ihren beiden Armen und klammert sich fest. Ich versuche mich verzweifelt von ihr zu lösen. Aus Angst, der Bär könnte die Bühne verlassen, tue ich alles, um mich von der Frau zu befreien. Sie schlingt ihre Arme aber nur noch fester um mich, lässt mich nicht los. Fast betäubt vor Furcht und Schmerz, spüre ich, während ich mich winde, wie meine Kräfte zu erlahmen drohen. Kalter Schweiß bricht mir aus, ich bin völlig am Ende. Da kommt die Frau mit ihrem Mund ganz nah an mein Ohr und flüstert: »Du kannst es noch nicht, oder?«

Mir ist schon alles gleichgültig. Ich schweige. Ich frage mich nur, wer diese Frau eigentlich ist, überlege hin und her, aber es fällt mir nicht ein.

»Ich werde es dir jetzt beibringen«, sagt die Frau wieder mit sanfter Stimme und nimmt mich mühelos auf ihren Arm. Sie trägt mich die Tribüne hinunter, zum Schauplatz des Geschehens. Erschrocken stoße ich einen Schrei aus, schlage wild mit Armen und Beinen um mich. Schrecklich! Ich fühle jeden ihrer Schritte, mit denen sie sich dem Bären auf der Bühne nähert. Keinen Ton bringe ich mehr heraus, Arme und Beine sind nun wie gelähmt. Ich kann mich nicht rühren. Nur das Gesicht der Frau schwebt noch vor mir, dann weiß ich nichts mehr.

DER WEGGEFÄHRTE

Ich steige einen dunklen Pass hinunter. Kalter Wind bläst, über meinem Kopf raschelt das trockene Laub. Es klingt, als fiele Wasser in einen unterirdischen Kanal, aber ich kann nicht sagen, aus welcher Richtung das Geräusch kommt. Am Fuß eines anderen Berges, in der Ferne, schwanken zwei, drei Lichter im Wind, sie leuchten blinkend. Kaum habe ich das bemerkt, sehe ich, nicht allzu weit davon entfernt, eine neben der anderen, noch ein paar kleine Flammen. Ihr Flackern gleicht einem Tropfen. Aber alle Lichter dort helfen mir nicht weiter. In meinen Augen wirkt ihr Strahlen abweisend. Warme und kalte Schauer wallen mir abwechselnd über den Rücken.

Ohne Pause marschiere ich weiter. Neben mir geht ein Weggefährte. Wann sich mir dieser Begleiter angeschlossen hat, weiß ich nicht. Er folgt mir auf Schritt und Tritt. Bis auf einige Male, wo er meinen Namen ruft – »Ei-san!« –, verharrt er in Schweigen. Frage ich ihn etwas, gibt er keine Antwort. Mit Schritten, die dunkel nachhallen, läuft er neben mir. Ich wandere vor mich hin, als ob ich allein wäre, mal denke ich an den Weggefährten, mal vergesse ich seine Anwesenheit. Nur eines weiß ich bestimmt: Ich war allein, als ich den Pass überschritt.

Seite an Seite mit diesem Gefährten laufe ich einen langen Weg entlang, er ähnelt einem Damm. Ich male mir aus, es sei tatsächlich ein Damm, aber ringsum ist eigentlich nichts zu erkennen, was ein Fluss sein könnte. Meine Augen streifen suchend durch das Dunkel, doch dort ist nichts anderes zu sehen als ein weites abgeerntetes Reisfeld – oder ist es eine kahle Ebene, die den Wind einsaugt? Trotzdem meine ich seit vorhin Wasser plätschern zu hören. Es klingt, als würde man mit aller Kraft Wasser aufrühren, das in einem tiefen Abgrund ruht. Manchmal überlagert der Schritt des Weggefährten dieses Geräusch. Dabei ist mir jedes Mal so leicht zumute wie bei einem tiefen Seufzer. Nach einer Weile dringt aber wie zuvor das Plätschern des Wassers an mein Ohr.

Am Himmel stehen da und dort Sterne, ganz unregelmäßig sind kleine und große verstreut. Auch dort, wo keine Sterne strahlen, ist das Licht unbestimmt und trübe. Dieses Himmelslicht überströmt den gesamten Erdboden. Dennoch liegt er in tiefer Finsternis, und man kann den Weg schon einen Schritt vor sich nicht mehr erkennen. Eine solche Nacht ist eigentlich nicht vorstellbar. Nun wird mir kalt.

Nachdem wir wieder eine Weile gewandert sind, sucht mich bei dem Gedanken, mit einem unheimlichen Mann den Weg ins Unbekannte zu gehen, eine beinah unerträgliche Furcht heim.

Da sagt der Weggefährte mit seltsam tiefer Stimme noch einmal: »Ei-san«.

Kalt läuft es mir über den Rücken, die Haare stellen sich mir auf.

»Ei-san, du hast es doch gut damit getroffen, dass ich dich begleite«, meint er.

Mir will das nicht einleuchten. Was ich auch sage, die Sache bleibt unheimlich, so schweige ich und gehe weiter. Meine Füße laufen über das dürre Gras. Obwohl ich mich an den Weg halte, verfolgt mich das knackende Geräusch von den erstarrten Blättern und Stängeln des ausgedörrten Grases, die ich unter meinen Füßen zertrete. Dieser Weg ist vielleicht noch von niemandem beschritten worden.

Wieder laufe ich geraume Zeit voran.

»Ei-san«, sagt der Weggefährte.

»Was gibt's?«, entgegne ich, verliere aber darüber hinaus zunächst kein Wort. Dann nehme ich das Gespräch doch wieder auf: »Da drüben kann man ja ein paar Lichter erkennen.«

»Richtig«, antwortet der Weggefährte mit seiner tiefen Stimme.

»Wo das Licht ist, wohnen wohl Menschen.«

»Fremde wohnen da, Ei-san. Ich hingegen bin dein Bruder«, sagt der Weggefährte.

»Ich bin ein Einzelkind. Ich habe keinen Bruder«, bringe ich erstaunt hervor. Mir graut.

»Ei-san, ich bin zwar nicht auf die Welt gekommen, aber ich bin dein Bruder. Du magst dich für den einzigen Sohn halten, in Gedanken bin ich jedoch immer bei dir.«

Nach diesen Worten stapft der Weggefährte schweren Schritts weiter. Ich habe noch nie über einen ungeborenen Bruder nachgedacht und weiß wirklich nicht, was ich von der Sache halten soll. Überwältigt von einem unheimlichen Gefühl, droht mir die Stimme zu versagen. Schweigend folge ich ihm.

Die ganze Zeit klingt mir das durchdringende Sirren einer Grille ins Ohr. Ich hätte nicht sagen können, wie lange es mich schon verfolgte, bevor ich darauf aufmerksam wurde. Trotzdem kann ich nicht begreifen, wie im verdorrten Gras eine Grille überlebt haben soll.

Mittlerweile ist der Grund unter meinen Füßen glatt, die Landschaft wirkt, obschon es dunkel bleibt, weiter. Am Himmel strömen helle Wolkenfetzen wie Rauch dahin, ohne feste Form. Sie scheinen nach den Sternen zu lecken. Die Lichter, die ich zuvor dort gesehen habe, wo ich den Fuß eines Berges vermutete, sind alle verloschen oder verdeckt, keines ist mehr da. Mir wird bang und bänger, bald kann ich es nicht mehr ertragen. Ich höre immerzu die Schritte des Gefährten und gehe, ohne ein Ziel, den Weg entlang, der sich endlos vor mir erstreckt.

Da dringt wieder das Geräusch von Wasser an meine Ohren, das in einen unterirdischen Kanal fällt. Gehe ich vielleicht im Kreis?

»Ei-san, ich bin dein Bruder. Ich habe dich um etwas zu bitten und bin dir darum gefolgt«, sagt der Weggefährte.

Ich spüre, wie mir beinahe der Atem stockt. Doch der Weggefährte belässt es bei diesen Worten, schweigt wieder und stapft dann mit dumpfen Schritten weiter. Über unseren Köpfen wird es dunkel. Der Weg führt auf einen Bergsaum zu. Dürre, trockene Blätter fallen laut raschelnd herab. Wir geraten auf einen ansteigenden Pfad. Der Wind bläst nun etwas schärfer, und manchmal riecht es nach Bergerde.

Als wir eine Weile gegangen sind, spricht er mich erneut an: »Ei-san«. Der Ton seiner Stimme hat sich verändert, es klingt, als würde er weinen. »Ei-san, vernimm meine Bitte, nur diese eine Sache möchte ich von dir hören, deshalb bin ich dir die ganze Zeit gefolgt.«

Mir ist so bange, dass ich den Mund nicht aufbringe.

»Ei-san, du brauchst dich nicht zu fürchten, es ist nichts Besonderes, worum ich dich bitten will: Du brauchst mich nur ein einziges Mal Bruder zu nennen.«

Ich bin überrascht, zugleich verärgert. Mit brüchiger Stimme bringe ich hervor: »Hör auf mit dem unheimlichen Gerede.«

»Ei-san, sprich nicht so herzlos zu mir. Du hast einen Vater und eine Mutter, sogar Großeltern, darum beneide ich dich. Ich bin ganz allein, Vater und Mutter verschwenden keinen einzigen Gedanken an mich. Ich bin dir aus lauter Einsamkeit gefolgt. Du brauchst mich nur ein einziges Mal Bruder zu nennen.«

Immer unheimlicher wird es mir zumute, gleichzeitig spüre ich eine gewisse Traurigkeit. Während ich schweigend weitergehe, denke ich nach. Aber ich bringe es nicht über mich, ihn Bruder zu nennen. Der Weggefährte ist ebenfalls verstummt, er stapft hinter mir her. Den Berg haben wir zum größten Teil erklommen. Auf der einen Seite des Wegs erhebt sich eine finstere Steilwand. In ihrer unteren Hälfte glitzern bläuliche Lichter, sie wirken, als spiegelten sie sich in Wasser. Als ich diese Lichter betrachte, sammeln sich in meinen Augen, ohne dass ich es will, Tränen.

»Ei-san, ich möchte die Stimme unseres Vaters hören. Klingt die Stimme unseres Vaters so wie die deine?«

»So etwas weiß man doch nicht«, platze ich heraus und wundere mich, wie ähnlich meine Stimme der des Weggefährten ist. Es trifft mich wie ein Schlag.

»Ah, genau so eine Stimme wird es sein, genau so«, sagt der Weggefährte. Er scheint zu weinen.

Ich empfinde Furcht, auch Trauer.

»Ei-san, sag doch was!«

»Ach«, seufze ich. Ich will meinen Bruder, der nie geboren worden ist, Bruder rufen.

»Würdest du mich so nennen? Ach, du weißt nicht, was für eine große Freude du mir damit bereiten würdest. Schnell, sprich es aus!«, drängt der Weggefährte.

Während ich seine Stimme höre, ist mir so, als könne ich bald nicht mehr unterscheiden, welches die meine und welches die seine ist, und die Tränen beginnen mir herunterzulaufen. Schon will ich das Wort »Bruder« aussprechen, da bleibt es mir im Halse stecken, und ich bringe nichts mehr heraus.

»Schnell, schnell!«, ruft der Weggefährte ganz aufgeregt.

Ich werde trauriger und trauriger. Ich vergesse, dass ich dieses Wort, seit ich geboren bin, noch zu niemandem gesagt habe. Von irgendwoher, aus unbestimmbarer Richtung, ertönt wiederholt der Schrei eines Nachtvogels, er klingt wie das Quietschen einer Tür. Ich lausche diesem Klang und gehe voran.

Nach einer Weile sagt der Weggefährte mit matter Stimme: »Ach. Nun denn, es ist Zeit, Abschied von dir zu nehmen. Ei-san, lange war ich in Gedanken mit dir, und endlich haben wir uns getroffen. Doch du willst mir meine Bitte nicht erfüllen.«

Als ich seine Worte höre, habe ich das Gefühl, als hätte ich das irgendwann einmal selbst gesagt. Auch ist mir so, als erinnerte ich mich an das Wassergeräusch von vorhin.

»Wenn wir uns jetzt trennen, weiß ich nicht, wann wir uns wiedersehen werden«, meint der Weggefährte, er weint und weint.

»Ach«, will es aus mir heraus, und weil mir die Kehle wie zugeschnürt ist, verursacht es Schmerzen.

Der Weggefährte spricht mit meiner eigenen Stimme Worte, die lang schon zurückliegen und die ich nie habe vergessen können. Ich fühle ein Sehnen nach dem Moment, da mir so weh ums Herz war, und will mit einem Mal sagen: »Bruder!« und mich an seine Brust werfen. Aber plötzlich ist er, der bis jetzt an meiner Seite gegangen ist, verschwunden. Zugleich spüre ich, wie mein Körper schwerer wird. Keinen Fuß kann ich mehr rühren.

WEIDENTANG

Der Frühling scheint zu Ende zu gehen. Am Nachmittag eines für diese Jahreszeit zu warmen Tages treiben auf der ganzen Himmelsfläche aschfarbene Wölkchen dahin, bilden hier und dort gescheckte Nester. Die Strahlen der gen Westen geneigten Sonne durchstoßen die Wolkendecke und lassen sie aufleuchten. Ein roter Schimmer fällt auf die Hügel, die Dächer und die Bäume der Stadt, er verändert seine Färbung, wird einmal heller, einmal dunkler. Wind treibt über die Hügel ins Tal. Ich sauge die Brise ein und steige hinauf.

Plötzlich kommt aus einer Seitengasse der einen Hügel hinaufführenden Straße eine Alte gelaufen. Ich halte das Gesicht leicht schräg abgewandt, um dem sandigen Wind zu entgehen, da kreuzt sie dicht vor mir den Weg und sieht dabei aus wie ein dürrer Markierungspfosten in einem vertrockneten Gewässer. Der rote Schimmer fällt auf das Gesicht der Alten. Hinter ihr geht ein junges Mädchen. Sie trägt einen roten Gürtel, hält unter dem Arm ein Bündel und folgt der anderen, die Augen auf deren Schritte gerichtet. Der

Mund der Alten wirkt, als bestünde er aus nur einer einzigen Lippe, fest ist er in Form eines Hakens zusammengepresst. Boshaft treibt sie das Mädchen weiter. Mein Blick gleitet unwillkürlich auf ihr Gesicht, da fixieren ihre Pupillen mich. Während ich schnell den Blick wieder senke, erzeugen ihre Augen einen Wirbel und dringen bis auf den Grund in mich ein. Ich bin bestürzt, und nach einer Weile gelingt es mir endlich, die Augen abzuwenden. Ein zweites Mal will ich nicht mehr in ihr Gesicht schauen. Zwei magere Beine, die unter dem Saum ihres Rocks hervorragen, staken über den Erdboden. Sie wirft sie beim Gehen zwei Holzstöcken gleich herum. Die beiden scheinen nicht immer so zu wollen wie sie, darum schleudert die Alte sie kräftig empor. Sie beginnt den Hügel hinabzusteigen. Der gelbliche Wind hüllt sie von hinten ein. Wie ein Staubkorn treibt sie dahin. Das Mädchen fällt langsam hinter ihr zurück.

Jetzt! Ich renne hinter dem Mädchen her. Je schneller ich werde, desto mehr gleichen sich der Abstand zwischen der Alten und dem Mädchen und der Abstand zwischen mir und dem Mädchen an. Endlich bin ich nah genug und kann schon fast den Ärmelsaum des Mädchens fassen. Da wendet es sich um und macht ein Gesicht, als wolle es in Tränen ausbrechen. Kein günstiger Moment. Ich ziehe die Hand zurück und gehe also nur still hinter ihm her.

Vom Wind durchgeblasen, wandern wir den gewundenen Weg entlang. Irgendwann einmal haben wir die Stadt hinter uns gelassen und gelangen in eine mir unbekannte Ebene. Ein Stück weiter steht eine klein gewachsene Kiefer, auf der sich eine Schar Drosseln niedergelassen hat. Unter ihnen befindet sich ein Exemplar, das mit besonders hoher und lauter Stimme singt. Der Himmel ist leicht bewölkt, das Licht strahlt trotzdem heller als gewöhnlich über die Felder, und man kann bis in die weite Ferne alles klar erkennen. Vor diesem Hintergrund hebt sich der Umriss der Kiefer wunderschön ab. Die Alte und das Mädchen bewegen sich auf die Kiefer zu. Mir ist unklar, mit welchen Absichten die Alte diese Ebene durchquert. Ein ungutes Gefühl beschleicht mich.

Dennoch laufe ich den beiden unentwegt hinterher. Um uns herum ist nichts, kein einziger Mensch. Nur die Alte und das Mädchen, die sich auf die eine Kiefer zubewegen. Ich will das Mädchen rasch von der Alten wegziehen. Aber die dreht sich von Zeit zu Zeit um und sieht nach ihm. Und das Mädchen geht dann folgsam weiter hinter ihr her. Es hat seit vorhin keine große Anstrengung mehr unternommen, sich von der Alten zu lösen. Hat es vor, auf mich zu verzichten?

Ich beschleunige meine Schritte erneut. Als ich wieder an seinem Ärmel zupfe, macht das Mädchen ein weinerliches Gesicht, verweigert sich mir nochmals und eilt der Alten hinterher.

Ich denke daran, die alte Frau hier auf diesem Feld umzubringen. Eine günstige Gelegenheit zur Mordtat abpassend, laufe ich ihr nach. Es wird allmählich dunkel. »Alles folgt dem wundersamen Gang der Natur«, denke ich und schließe näher und näher zu ihr auf. Mit einem einzigen gewaltigen Schlag bringe ich die Alte um. Die Glieder zerschmettert, stirbt sie. Dann trete ich zu dem Mädchen und ergreife seine Hand. Sie ist warm und weich. Ich fühle ihr Blut pulsieren, egal, wo ich sie anfasse, und meine Hand wird schwer und heiß. Das Mädchen schmiegt sich an mich, wir gehen gemeinsam weiter. Wir laufen durch die weiten, weiten Felder, immer weiter.

Irgendwann enden die Felder, und wir gelangen an einen sonderbaren Strand. Die schwarze sandige Küste erstreckt sich bis ins Endlose. Allenthalben sprießen seltsam struppige Grasbüschel hervor. Sie gleichen dem Haar der Alten. Wir gehen weiter und erreichen einen großen Teich. Der Himmel darüber beginnt sich dämmernd zu verdunkeln, wirkt trostlos. Trotzdem spiegelt die Teichoberfläche etwas Helles wider, so als ob auf seinem Grund ein Licht strahlen würde. Ich führe das Mädchen bei der Hand und blicke weit hinaus aufs Wasser. Worauf ich warte, weiß ich nicht. Hier gibt es nichts, auch ist niemand zu sehen. Ich fühle mich mutterseelenallein, es ist kaum mehr zu ertragen.

»Lass uns gehen«, sage ich. Meine Stimme zittert. Ich nehme das Mädchen wieder an der Hand und laufe los, am Ufer entlang. Der Klang meiner Stimme haftet mir im Ohr. Zum Heulen ist mir zumute. Die Hand des Mädchens, die ich halte, wird allmählich kälter. Unwohl fühle ich mich. Obschon wir nun zusammen sind, trottet das Mädchen nur schwerfällig hinter mir her. Ich meine das beklemmende Gefühl bald nicht mehr aushalten zu können. Finstere Schatten tanzen über die helle Oberfläche des Teichs. Das Mädchen beginnt auf einmal mit brüchiger Stimme zu singen: »Mein Körper, ja, der ist noch hier, doch meine Seele, meine Seele weilt schon im Zenko-Tempel von Shinano.« Seltsam, das Mädchen ist doch so liebreizend, warum nur klingt seine Stimme genau wie die der Alten? Entsetzen packt mich. Als wir noch ein Stück weiter kommen, liegen dort lange, lange Stränge von Weidentang, die es an die Küste getrieben hat. Die Wurzeln sind im Wasser verborgen. Die Teile, die außerhalb liegen, sind ausgetrocknet. Sie schlängeln sich über den Strand, einer in den anderen verwickelt, unsere Füße verheddern sich darin. Ich ziehe das Mädchen an meine Seite, aber mit einem Mal kommen mir Zweifel, ob diese Frau wirklich zu mir gehört. Da gibt das Mädchen an meiner Hand einen Laut von sich. Es hat sich wohl nur geräuspert.

Oder hat es vielleicht gelacht? Erneut läuft es mir kalt den Rücken hinunter. Ich kann nicht bis zum Grund ihres Herzens sehen, und das macht mir große Angst.

Egal, ich will mich nun nicht mehr unnötig sorgen. Mit diesem Gedanken drücke ich kräftig ihre Hand. Sie ist kalt, die Knochen brechen mit deutlichem Knirschen. Entsetzt blicke ich das Mädchen an, doch was ich für das Mädchen hielt, ist in Wahrheit die Alte, die ich auf dem Feld umgebracht habe.

DER CHINESE

Ich gehe durch ein belebtes Viertel, da tritt ein hochgewachsener Chinese auf mich zu. Er fordert: »Leih mir fünfzig Sen!« Ich will ablehnen, denn ich habe keine Lust dazu. Der Blick des Chinesen ist aber bereits auf meine Hand gefallen, die unwillkürlich in die Brusttasche zur Börse gegriffen hat, und so kann ich nicht anders, als ihm das Geld zu überlassen. Er klemmt die geliehenen fünfzig Sen zwischen zwei Finger und führt diese an die Stirn. Die Münze glänzt schimmernd wie das Perlmutt im Inneren einer Muschel. Der Chinese macht eine liebreizende Miene, fast wie eine Frau, und lächelt dabei sehr freundlich. Eine Weile geht er neben mir denselben Weg. Als wir an die Ecke zu einer Seitenstraße kommen, biegt er jedoch ohne Erklärung ab. Es ist eine außerordentlich lange Straße, die schnurgerade verläuft. In der Ferne weht eine lange, schmale Fahne, und blaue Rauchschwaden wallen empor.

Allein gehe ich weiter, die Straße entlang. Hätt ich's doch bloß nicht verliehen. Keine Ahnung, wann ich das Geld zurückbekommen werde! »Schade, schade«, denke ich mir. Zwei, drei Leute stehen vor einem Geschäft auf der linken Straßenseite, und als ich schaue, was es gibt, sehe ich, dass dort Pfeifen aus Elfenbein verkauft werden. Ein Papieretikett besagt, eine jede soll dreißig Sen kosten. Verflucht teuer, wenn ich Geld bei mir gehabt hätte, hätte ich aber gerne eine erworben. Dass ich mir jetzt keine leisten kann, ist nur die Schuld dieses Chinesen! Ich spüre, wie Ärger in mir hochsteigt.

Wind fegt beständig durch die Stadt. Aber sosehr der Wind auch bläst, kein Laut ist zu hören. Erschreckend, wie still es hier ist. Während ich durchgeblasen werde, bedauere ich es sehr, kein Geld zu haben. Vor jedem der Geschäfte zu beiden Seiten der Straße sitzt ordentlich ein Prokurist. Und ein jeder der Prokuristen richtet seinen Blick auf mich.

Während ich so umherwandere, gelange ich an einen Schiffsanlegeplatz. Im Hafen liegen viele Schiffe, große, kleine, weithin verstreut. Sie stoßen immer wieder aneinander, rechts, links, und versinken dann schlagartig, als ob sie verschluckt würden. Vertieft in dieses Schauspiel, stehe ich da, ohne mich zu rühren. Plötzlich taucht er wieder auf, der Chinese von vorhin. An meiner Seite betrachtet er wie ich den Hafen. Anscheinend hat er vor, mit mir irgendwohin zu gehen. Ich schweige eine Weile, doch weil ich zunehmend in Sorge bin, will ich es nun genau wissen und wende mich an ihn.

»Wir werden uns das herbstliche Ahornrot am Bukko-Tempel ansehen«, antwortet mir der Chinese.

»Na, das ist ja sehr stilvoll«, meine ich. Aber insgeheim wehrt sich in mir etwas gegen diesen Besuch.

Im selben Moment kommt schon das Schiff, das wir besteigen sollen. Der Chinese springt mit einem kurzen Satz hinein, kaum dass es angekommen ist. Er ist zwar groß, aber ungeheuer leichtfüßig. Ich bleibe am Ufer stehen. Wenn das Schiff abgefahren ist, will ich allein zurückgehen. Da blickt mir der Chinese ins Gesicht, jetzt muss ich wohl doch mit. Ich trete auf das Brett, das vom Ufer zum Schiff führt. Es biegt sich und schwankt beträchtlich, wie ich nach unten sehe, schießt dort das blauschwarze Wasser pfeilschnell vorbei. Die Knie werden mir weich oben auf dem Brett, da ermuntert mich der Chinese vom Boot aus mit ungemein freundlicher Stimme: »Geht schon, geht schon.« Und so gelingt es mir schließlich doch, zuzusteigen.

Wir fahren die Küste entlang. Die Schiffe, die bis vor Kurzem hier lagen, sind alle verschwunden. Eine Schar von Vögeln fliegt herum. Sie sehen aus, als hätte man Goldfischen Flügel wachsen lassen. Meine Stimmung wird immer schlechter. Alles ist furchtbar trist, ich will zurück nach Hause. Mit merkwürdiger Stimme beginnt der Chinese nun ein Lied zu singen. Die Melodie ist seltsam, auch kann ich nicht verstehen, was er singt! Ebenso wenig ist mir klar, ob er singt, weil er sich traurig fühlt oder weil er froh ist. Ich sitze ihm genau gegenüber. Während ich dem Lied lausche, das ich nicht verstehe, denke ich an die fünfzig Sen. Wenn der Chinese dem roten Herbstahorn einen Besuch abstattet, hat er dann vor, mir die fünfzig Sen zurückzugeben? Da fällt mir ein, dass er womöglich auf die Idee kommen könnte, mich noch einmal um Geld zu bitten. Das verursacht mir Kopfzerbrechen, und ich greife mit der linken Hand in meine Brusttasche, um den Geldbeutel festzuhalten. Der Chinese unterbricht seinen Gesang und blickt mir ins Gesicht.

Das Schiff landet an einem merkwürdigen Ort. Es sieht aus, als läge es am Ende einer Straße, ein Steilhang aus Stein erhebt sich dort. Mit den Händen greife ich in die Spalten der Steinmauer, suche auch mit den Füßen Halt. Weiter oben kann ich nur noch mit den Händen greifen. Spalten, in die ich die Füße stecken könnte, sind keine mehr da. Angestrengt taste ich mit den Füßen, aber die Oberfläche der Steinwand ist glatt und rutschig. Da fällt mein Blick nach unten, und ich muss erkennen, dass ich mich schon sehr weit oben befinde. Als jetzt auch meine Hände immerzu abgleiten und ich abzustürzen drohe, bin ich den Tränen nah. Bloß weil ich die albernen fünfzig Sen nicht habe vergessen können, bin ich in so eine missliche Lage geraten, das ist es, was mich noch trauriger stimmt. Als ich schon glaube, mein letztes Stündlein habe geschlagen, klettert der Chinese von der Spitze herunter und rettet mich, indem er mich hochzieht. Auf dem Gipfel angekommen atme ich erleichtert auf und blicke in sein Gesicht: Der Chinese ist mir nun aufs Innigste vertraut.

Was ist das nur für ein trübes, dunkles Wetter! Dicht über meinem Kopf hängen finstere Wolken, es sieht ganz danach aus, als wollte es gleich regnen. Weit vorn ist das große Tempeltor zu sehen. Die Gegend ringsum ist düster bewölkt, doch aus dem Inneren des Gebäudes strahlt grelles Sonnenlicht. Die Haupthalle des Tempels wirkt, als schwebe sie im Glanz der Strahlen empor. Der Chinese und ich treten gemeinsam durch das Tor. »Ob man wohl von dort das Ahornrot sehen kann?«, frage ich mich und gehe weiter. Ich muss erkennen, dass das, was ich für einen Tempel gehalten hatte, das Geschäft des Chinesen ist. Da hat er mich schön übers Ohr gehauen! Unverwandt starrt er mich an, und ich kann schließlich nicht anders, als mich in seinem Laden niederzulassen. Er ist ungeheuer groß, in einem wahllosen Durcheinander liegen da eine Menge Sachen, von denen man nicht weiß, was sie darstellen sollen. Jetzt muss ich wohl oder übel etwas kaufen. Ich gerate zunehmend in Verlegenheit und überlege mir umso mehr, mich endlich aus dem Staub zu machen. Die fünfzig Sen Schulden will ich fürs Erste auf sich beruhen lassen, irgendwann wird er mir das Geld schon zurückerstatten. Aber solange mich der Chinese ins Auge fasst, kann ich mich nicht vom Fleck rühren. Er sitzt erwartungsvoll auf dem Boden und ist gerade dabei, ein schmutziges Bündel, das neben ihm liegt, zu öffnen.

»Möchten Sie chinesisches Zahnputzpulver?« Er holt fünf oder sechs kleine Beutelchen aus dem Bündel.

»So viel brauche ich nicht«, sage ich, »eines genügt vollauf!«

Da starrt mich der Chinese an und macht ein böses Gesicht. Eines lässt er da und steckt die anderen weg.

Das eine will ich ihm abkaufen, prüfend betrachte ich es. Der Beutel ist feucht. Fühlt sich ganz glitschig und kalt an! Überrascht lasse ich ihn fallen. »Dieses Zahnputzpulver ist ja ganz nass!«, rufe ich.

Nun wird der Chinese sehr wütend. Er springt plötzlich auf, fuchtelt wild mit den Händen herum und wettert mit lauter Stimme drauflos. Ich verstehe jedoch nicht im Geringsten, was er will. »Flucht wohl auf Chinesisch«, überlege ich. Als er eine Weile unverständliches Zeug gebrüllt hat, zieht er vom Regal hinter sich einen blau gestrichenen Knüppel herunter, schwenkt ihn wild hin und her und stürzt auf mich zu. Mir ist zwar nicht klar, warum der Chinese sich so ereifert, ich beeile mich aber verängstigt, das Weite zu suchen.

Der Chinese verfolgt mich, will mich vielleicht sogar ermorden. Mit gellender Stimme schreit er, beinahe holt er mich ein. Kopflos schlage ich einen Weg ein, den ich nicht kenne. Um mich herum wird der Tumult größer. Das geht wahrscheinlich alles zu meinen Lasten, wie peinlich! »Aber mir bleibt ja nichts anderes übrig, als wegzulaufen«, sage ich mir. Wie besessen sause ich die Straßen entlang, solche mit Häusern und solche ohne Häuser. Vor mir kann ich nun deutlich einen kahlen Berg erkennen. Auf dem Gipfel ragt eine einsame Kiefer hoch empor. Ihre langen Äste schwanken hin und her, als wollten sie mich einladen. Dass ich dies von meinem Fluchtweg aus so genau erkennen kann, ist äußerst befremdend. Die Stimme des Chinesen, der mich verfolgt, hat sich auch merkwürdig verändert. Mir wird immer unheimlicher zumute. Während ich blindlings vorwärtsstürme, glaube ich schließlich zu hören, dass seine Stimme brüchig klingt. Seltsam. Schnell schaue ich hinter mich. Dort bietet sich mir ein überraschender Anblick. Das breite Gesicht des Chinesen ist tränenüberströmt, laut jammernd rennt er mir nach. Den blauen Knüppel hat er wie eine Flinte angelegt. Immerzu wischt er sich mit dem Arm über die Augen, wischt, und läuft mir mit stolpernden Schritten hinterher.

EINE KURZE NACHT

Mit der Absicht, das Zauberwerk der Verwandlung eines Fuchses mit eigenen Augen zu sehen, breche ich von zu Hause auf. Es ist ein finsterer Abend, der Wind bläst. Ich gehe ein Stück durch die Stadt, dann biege ich in eine schmale Seitengasse ein, der ich bis zum Damm am Ende der Stadt folge. Dort steige ich hoch und gehe den Weg flussaufwärts. Unterhalb des Damms liegt eine grasbewachsene Ebene, vereinzelt sind dort kleine Wasseransammlungen zu erkennen. Als ich vorbeilaufe, glänzen die Pfützen im Gras blässlich. In der Ferne schließt sich ein Bambushain an, dahinter fließt ein großer Fluss, den man aber von dieser Stelle des Damms aus nicht sieht. In Zeiten, in denen es reichlich Wasser gibt, fließt das Wasser auch unterhalb des Damms, bildet einen Fluss. Deshalb sind an vielen Orten Brücken errichtet. Ich komme bis an den Rand einer der Brücken und überlege hin und her: Soll ich hinübergehen oder nicht? Überquert man die Brücke, gelangt man in die Nähe des Bambushains. Die Füchse hausen dort, aber ein Stückchen weiter vorn lassen sie sich wohl besser beobachten. Wieder folge ich dem Weg auf dem Damm. Plötzlich meine ich etwas zu bemerken. Ahnungslos blicke ich hinter mich, da sehe ich fünfzig, sechzig große Leuchtkäfer fliegen, die dann – schnurgerade in einer Reihe – mitten über die Brücke, die ich vorhin überqueren wollte, in Richtung Bambushain rauschen. »Seltsam«, denke ich noch, da sind die Leuchtkäfer auch schon verschwunden.

Ich gelange an einen großen Teich, der aus einem Hochwasser entstanden ist. Hier verlasse ich den Damm und gehe am Ufer des Teichs entlang. Wo das Wasser sich zurückgezogen hat, lädt ein Stein zum Verweilen ein. Ich lasse mich nieder und blicke zur anderen Seite. Manchmal bläst der Wind, manchmal hält er inne. Den Himmel bedecken tief hängende Wolken, aber die Wolkendecke ist nur dünn, und vereinzelt kann man glanzlose, bleiche Sterne sehen.

Nach einer Weile trottet aus dem Bambushain langsam ein großer Fuchs. Trotz der Finsternis ist seine Gestalt deutlich zu erkennen. Behäbig erkundet er die Umgegend, kommt an den Rand des Teichs und rührt mit einer Vorderpfote ausdauernd im Wasser herum. Auf der bleichen Oberfläche werden die kleinen Wasserringe im Wellengekräusel rasch größer, schwach ist ein Plätschern zu vernehmen. Der Fuchs beginnt, sich mit Algen, die an seinen Vorderpfoten kleben bleiben, auf eine äußerst seltsame Art und Weise den Kopf zu bedecken. Auf einmal hört man es in der Mitte des Teichs kräftig platschen! Als ich überrascht dorthin blicke, kann ich, nur einen halben Meter unter der Wasseroberfläche, deutlich einen stattlichen Karpfen schwimmen sehen. Doch damit nicht genug. Unter ihm schwimmt noch ein Karpfen, viel größer als der erste. Er hat dieselbe Richtung eingeschlagen, gleitet flott voran, und dabei kann ich jede einzelne seiner Schuppen so genau erkennen, dass ich sie zählen könnte. Ich wundere mich noch – da sind die Fische auch schon verschwunden. Dafür steht am anderen Ufer plötzlich eine junge Frau. Mir fällt sofort auf, dass sie – wie ich es aus den Erzählungen kenne – einen Kimono mit Streifenmuster trägt. Ihr Haar ist zu einem runden Knoten hochgesteckt, sicher hat sie ein hübsches Gesicht, obwohl ich Augen und Nase nicht sehen kann.

Die Frau hat sich am Rand des Teichs gebückt und macht dort etwas. Es ist zwar dunkel, aber um sie herum ist alles klar zu erkennen. Mit beiden Händen pflückt sie Blätter von den Bäumen und sammelt Gräser. Das alles drückt sie zu einem Bündel zusammen, und mit einem Mal wird das Bündel zu einem Säugling. Die Frau hält das kleine Kind in den Armen, umrundet den Teich und steigt dann zum Damm hoch. Eine reizende junge Landschönheit, in die man sich auf den ersten Blick verlieben kann. Ich greife mir einen festen Holzstock, der am Boden liegt, und folge der Frau heimlich.

Mit schnellen Schritten läuft sie weiter und weiter den Damm entlang. Ich ihr nach, darauf achtend, sie nicht einen Moment lang aus den Augen zu verlieren. Den Bambushain vor uns haben wir schon passiert, jetzt gelangen wir an die Stelle, an der unser Damm mit dem des großen, ausgetrockneten Flusses zusammentrifft. An der Beuge, wo beide aufeinanderstoßen, befindet sich ein kleines Haus. Die Frau hält an, klopft sacht. Ich warte ein Stückchen entfernt, beobachte genau, was vor sich geht. Die Frau klopft wieder und wieder und sagt: »Mutter, ich bin zurück.« Man hört es im Haus rumpeln, dann geht die Tür auf. Zwei-, dreimal erklingt nun die Stimme einer älteren Frau. Da ist die andere, die mit dem Kind im Arm vor dem Eingang gestanden hat, auch schon im Haus verschwunden. In diesem Moment stürze ich hervor und postiere mich geschwind in der Tür, die gerade zugehen will. Im Haus steht eine kleine Frau von etwa fünfzig Jahren.

»Tantchen, ein Fuchs!«, platze ich heraus.

Überrascht sieht mich die ältere Frau an. Eine Weile fixiert sie mich, sagt nichts. Die Junge hält wie zuvor ihr Kind im Arm und steht hinter der Alten. Auch sie macht ein erstauntes Gesicht und fasst mich scharf ins Auge. »Tantchen, diese Frau ist ein Fuchs! Prügle sie aus dem Haus!«, wiederhole ich. »Ich habe gesehen, wie sie sich verwandelt hat! Reißen wir ihr die falsche Haut vom Leib!«, rufe ich erneut.

»Ach, behalten Sie Ihr dummes Zeug für sich!«, empört sich jetzt die Alte. »Das ist meine Tochter. Überhaupt, mit welchen Absichten treiben Sie sich zu so später Stunde hier herum?«

»Tantchen, wirklich, sie ist ein Fuchs aus dem großen Bambushain. Lassen Sie sich nicht verhexen!«

»Was reden Sie denn da? Sie sind es doch, der von einem Fuchs verhext worden ist! Wären Sie nicht vom Fuchs besessen, so würden Sie jetzt nicht lüstern hier herumlungern.«

»Nein, so was habe ich sicher nicht im Sinn«, sage ich, ohne mich über ihre Worte zu ärgern. »Ich habe am Bambushain vor dem großen Teich genau gesehen, wie der Fuchs sich in diese Frau da verwandelt hat. Das Kind, das sie hält, das sind in Wirklichkeit nur Blätter. Ganz genau hab ich's gesehen! Ich habe mir schon gedacht, dass er gewiss vorhat, jemanden zu verhexen, wenn er sich in diese Frau verwandelt, in eine Frau mit einem Kind, und deshalb bin ich ihm gefolgt. Jetzt ist er in dieses Haus geschlüpft. Wenn Sie glauben, das stimmt alles nicht, dann räuchern Sie das Kind mit dem Rauch von frischen Tannennadeln ein. Gleich zeigt es dann seine wahre Gestalt!«

»Oje, Sie reden ja nur dummes Zeug daher. Was wäre denn, wenn ich mein Enkelkind mit Tannenrauch einräuchern würde und es wäre dann doch kein Blätterhaufen? Wenn in der Abwesenheit meines Sohnes

Schlimmes passiert, bin ich dafür verantwortlich. So etwas kann ich nicht zulassen, was immer Sie auch sagen mögen. Lassen Sie's damit gut sein. Gehen Sie schnell nach Hause.«

»Tantchen, Sie sind ja schon verhext!«

»Nein, ich bin ganz und gar nicht verhext. Sie sind es, der sich beruhigen sollte. Einfach zu solch später Stunde den Leuten die Tür einzurennen! Jemand, der noch alle seine Sinne beisammenhat, wird doch so einem nicht glauben!«

»Was würden Sie denn machen, wenn es wirklich ein Fuchs ist?«

»Sei es, wie es sei! Sie sollten sich jetzt jedenfalls schleunigst auf den Heimweg machen!«

»Aber begreifen Sie doch! Wenn diese Frau da wirklich Ihre Schwiegertochter wäre, würde sie dann so ruhig dabeistehen, wenn ich sie in einem fort als Fuchs bezeichne? Sie kann mir nichts entgegenhalten, weil ich den Augenblick erlebt habe, in dem sie sich verwandelt hat! Ihnen fällt das ja gar nicht auf, deshalb triumphiert die da, und wenn Sie sie jetzt einfach bei sich lassen, können Sie sich ja ausrechnen, was Ihnen in der Nacht, sobald Sie eingeschlafen sind, Furchtbares widerfahren wird!«

Kaum äußere ich das, tritt die junge Frau zwei, drei Schritte vor und bricht lauthals in Tränen aus. »Mutter, was sollen wir nur tun, was sollen wir nur tun?«

»Ist ja schon gut, ist gut«, meint die Alte. »Den brauchen wir doch nicht ernst zu nehmen. Wenn du so laut heulst, wird das Kind noch aufwachen.«

»Huhu«, meine ich ironisch. »Wenn das Kind da aufwacht, haben Sie nur noch einen Haufen Blätter vor sich.«

»Mutter!«, entfährt es der Frau wieder, zwischen lautem Geheul. »So eine Gemeinheit! Was machen wir bloß?« Sie bebt am ganzen Körper.

»Wenn es dich so trifft, dann lass uns das Kind zur Probe einräuchern, du widerlicher alter Fuchs, du!«, schleudere ich ihr entgegen.

»Gut, ich will es einräuchern«, ruft die Frau, ihre Stimme überschlägt sich fast dabei.

»Was sagst du denn da?«, will es ihr die Alte überrascht verwehren.

»Lassen Sie nur! Jetzt werde ich dem da die verhexte Haut abziehen!«

»Nein, das kommt nicht infrage, ein Kind ist kein Spielzeug!«

»Ich räuchere es ein. Aber wenn feststeht, dass wir nicht verdächtig sind, dann kommt der mir nicht so einfach davon!«, sagt die Junge.

»Tante, machen Sie sich keine Sorgen! Nur ein bisschen über den Tannennadelrauch gehalten, und wir wissen Bescheid. Wenn es das echte Kind ist, um das Sie sich sorgen – dem wird es schon nicht schaden, wenn es so ein bisschen Rauch abbekommt. Sehen Sie, es ist doch klar, dass uns die Frau, wenn das Kind wieder zu einem Haufen Blätter geworden ist, sofort ihren Fuchsschwanz zeigen und das Weite suchen wird. Dann nehme ich diesen Stock und hau sie ordentlich durch, bis ihr der Rücken kracht!«

Während ich das sage, hat die Frau eine Handvoll frischer Kiefernnadeln zusammengetragen. Ich häufe sie auf dem Weg vor der Eingangspforte auf und zünde sie an. Rote Flammen kriechen zwischen das nadelspitze Kieferngrün. Das Feuer lodert kurz hoch und verglimmt dann wieder. Nun steigt beißender, schwärzlich blauer Rauch auf.

»So, jetzt gib das Kind her!«, sage ich und nehme das Kleine aus den Armen der Frau. Würde ich die Frau die Prozedur durchführen lassen, hätte sie womöglich irgendwelche Zaubertricks bereit. Das Kind rührt sich zart in meinen Armen. Mit beiden Händen halte ich es nun mitten in den blauschwarzen Rauch hinein, der in einem Wirbel aufsteigt.

Erst lässt das Kleine ein, zwei leise Hüsterchen ertönen, die ganz reizend klingen. Dann windet sich sein winziger Körper hin und her. Merkwürdig, ich hebe das Kind aus dem Rauch, sehe genau hin – da ist es tot!

»O nein!« Ein durchdringender Schrei ertönt. Die junge Mutter bricht zusammen.

»Sehen Sie, was Sie angerichtet haben, Sie Schuft, Sie!«, presst die Alte mit einer seltsamen Stimme hervor. Sie klingt, als hätte sie die Zähne zusammengebissen oder als wolle sie weinen. Ihr Gesicht hat einen erdigen Farbton. Völlig benommen, macht sie keinerlei Anstalten, der jungen Frau zu Hilfe zu kommen.

Ich bin am Ende. Wie lange mich der Fuchs schon an der Nase herumgeführt hat, weiß ich nicht. Vielleicht hat er mich schon genarrt, als ich die Karpfen betrachtete, aber ich bin mir sicher, dass ich sein Tun bis zuletzt ganz genau verfolgt habe. Ist mir wohl nicht ganz geglückt. Als ich der Frau auf dem Damm folgte, war ich bestimmt noch nicht verzaubert. Doch jetzt ist das Kind gestorben, und die Frau, die ich für einen Fuchs hielt, hat deshalb das Bewusstsein verloren, und ich habe für all das keine Entschuldigung. Vielleicht ist ja noch nicht alles verloren, hoffe ich und versuche das Kind auf die eine oder andere Art wach zu bekommen. Aber es ist ein sehr zerbrechliches Kind gewesen, und so fruchtet alles nichts. Der Frau sprühe ich Wasser ins Gesicht, richte sie auf, bemühe mich nach Kräften um sie, doch sie erlangt das Bewusstsein einfach nicht wieder. Die Alte hat eine erdige Gesichtsfarbe, ist wie erstarrt und rührt keinen Finger.

In den Armen die ohnmächtige Frau, muss ich unter dem Dach dieses fremden Hauses tief seufzen. Die verschiedensten Gedanken gehen mir durch den Kopf, ohne einen Sinn zu ergeben, verschwinden sie, dann entsteht wieder ein neuer Gedanke. Inzwischen fließen mir die Tränen ohne Unterlass. Versuche ich an das Kind zu denken, das eben durch meine Hände getötet wurde, werden meine Überlegungen – ich weiß nicht, warum – vager als sonst.

Da höre ich vom großen Fluss am Fuße des Damms her Stimmen. Laternenschein flackert übers Wasser, rückt näher und näher. Nach einer Weile vernehme ich das Knirschen eines Ruders und weiß nun, dass ein Boot naht. Unterhalb des Damms fährt es entlang. Unangenehm für mich, dass gerade in einer solchen Situation Leute kommen müssen. Egal, wer sie sind, es ist zu befürchten, dass sie mir Schlimmes antun. Andererseits muss ich in meiner Notlage für jede Hilfe dankbar sein, wenn ich mir vergegenwärtige, dass in Abwesenheit des Hausherrn ein Kind gestorben, die Alte ganz ohne Kraft und die junge Mutter noch bewusstlos ist.

Mittlerweile ist das Boot angelangt, und fünf oder sechs Männer nähern sich mit lautem Schritt. Kaum haben sie den Damm erklommen, stehen sie auch schon alle am Ort des Geschehens. Sie sehen sich um und zeigen sich überaus bestürzt. »Als ich bemerkt habe, dass die Tür offen steht, habe ich mich schon gefragt, was hier wohl passiert ist«, sagt einer von ihnen. In der Gruppe befindet sich auch ein älterer Priester, der der Alten nun ausdauernd Trost spendet. Ein junger Mann mit einer Kappe auf dem Kopf macht sich seitlich am Bauch der Frau in meinem Arm zu schaffen. Endlich kommt sie wieder zu sich. Als sie feststellt, dass ich es bin, der sie hält, stößt sie mich gleich von sich, steht auf und lässt erneut das durchdringende laute Heulen ertönen.

Ich beichte den Leuten alles, von Anfang bis Ende, ohne auch nur eine Kleinigkeit auszulassen. Es handelt sich um eine Gruppe junger Männer aus dem benachbarten Dorf, die mit den Leuten aus diesem Haus bei der Fährbenutzung bekannt geworden sind. Der Priester ist der Abt eines Tempels oben auf einem Gipfel in den Bergen. Die Alte hat sich nun wieder etwas gefasst. Sie klagt und klagt dem Abt ihr Unglück, wie sie durch meine Fahrlässigkeit ihr einziges, teures Enkelkind verloren hat. Morgen komme ihr Sohn zurück, wie solle sie ihm die ganze Sache bloß erklären, fragt sie und weint. Die junge Frau hält das tote Kind in den Armen und ist in Tränen aufgelöst.

»Dieser Mensch hier hat das große Unglück zu verantworten. Obwohl ihn die Leute aus dem Haus baten, doch innezuhalten, hat er darauf bestanden, das Kleine den Rauch einatmen zu lassen. Ist so eine Tat denn eigentlich möglich? Dass er derart gewalttätig vorgegangen ist, verdient allen Abscheu. Aber dem Mann ist andererseits keine Böswilligkeit zu unterstellen. Er war im festen Glauben, die Leute seien vom Fuchs verhext worden, das hat er euch ja auch erklärt. Mit anderen Worten – aus Mitgefühl hat er einen Irrtum begangen. Das heißt, dieser Mann ist seinerseits in der Gewalt der Füchse gewesen, und deshalb führen hier auch logische Deutungsversuche zu keiner schlüssigen Erklärung. Er hat es nicht aus böser Absicht getan, sondern nur deshalb, weil er vom Fuchs besessen war, und keiner weiß ja, wie er sich in so einer Lage verhalten würde, und so stellt euch bitte einfach vor, ein Unglück habe euch ereilt, und verzeiht ihm. Ich spreche anstelle dieses Mannes die Abbitte aus. Der Tod des Kindes ist wahrlich bedauernswert. Aber nehmt auch das, selbst so etwas Schlimmes, als eine schicksalhafte Verkettung von Ereignissen hin und fügt euch in das Unvermeidliche. Eurem Sohn will ich alles so darlegen, dass es ihm einsichtig wird«, sagt der Abt. Er spult dies in einem Atemzug mit merkwürdig leierndem Tonfall herunter. Ich fühle Dankbarkeit aus tiefstem Herzen, und als ich schnell einen Blick auf sein Gesicht werfe, erstaunt mich die furchterregend große Brille, die ihm auf der Nasenspitze sitzt.

»Aus meinem Unverständnis heraus habe ich wirklich etwas Unentschuldbares getan«, bitte ich um Verzeihung.

»Weil Sie den Tod eines Menschen verursacht haben, muss die Tat angezeigt werden, jedenfalls will ich Sie in Verwahrung nehmen. Sie werden mich fürs Erste zu meinem Tempel begleiten. Nun, ich denke, die jungen Leute hier werden mir ebenfalls zugestehen, dass ich diese Angelegenheit in die Hände nehme«, antwortet der Abt.

Die Gruppe, die zusammen vom Boot gekommen war, meint, so sei es wohl am besten, und stimmt seinen Worten zu. Schließlich geben auch die Alte und die junge Frau ihre Einwilligung, und ich werde ihm überantwortet. Er spricht ohne großes Zeremoniell noch ein letztes Gebet für das verschiedene kleine Kind und verlässt dann mit mir das Haus. Die jungen Männer bleiben zurück. Ob sie die Totenwache halten?

Ich werde vom Abt einen dunklen, mir unbekannten Weg entlanggeführt, weiter und immer weiter. Von Zeit zu Zeit hört man Frösche quaken, dann setzt das Quaken wieder aus. Es klingt, als begrüßten die Frösche das Morgengrauen, doch es wird und wird nicht heller. Wir gehen durchs Dickicht, überqueren schmale, vertrocknete Wasserrinnen und gelangen endlich an den Fuß der Berge. Während wir laufen und laufen, tut der Abt nicht ein einziges Mal den Mund auf. Als wir mit dem Aufstieg beginnen, sagt er nur »Schau dich nicht um!«, und das klingt so furchtbar, dass mir fast die Knie schlottern.

Der Weg auf den Berg ist eine einzige Qual. Das Geröll, das der Abt vor mir lostritt, kommt mir entgegen, und wenn es über meine Zehen rollt, sträuben sich mir sämtliche Haare. In der undurchdringlichen Finsternis ist nicht mehr zu erkennen, wo der Berg endet und wo der Himmel anfängt. Es ist so beklemmend, als stecke man seinen Kopf in einen dunklen Raum, dessen Ausmaße man nicht kennt.

Endlich sind wir am Gipfel angekommen, und direkt vor unseren Augen steht der große Tempel. Der Abt schlüpft durch den schmalen Eingang, da kommt aus dem Inneren ein weiß gekleideter Tempelzögling und bringt eine Handlaterne. Ich folge dem Abt durch unzählige weite Räume, wir gelangen in die Haupthalle. In den Tempelleuchten flackern schwach zwei kleine Flammen. Der Abt bedeutet mir, mich vor dem Buddha Nyorai niederzusetzen und die Hände zum Gebet zu erheben. Dann tritt er hinter mich und schert mir das Haar. Ich intoniere wiederholt: »Gelobt sei Amida Buddha, gelobt sei Amida Buddha.« Nun trägt er mir auf, ein Gebet für das Kind zu sprechen, das ich getötet habe, dazu solle ich die Gebetsglocke erklingen lassen. Der Abt verschwindet.

Ich sitze allein in der weiten Haupthalle und schlage unablässig die Gebetsglocke. Von Zeit zu Zeit kommt aus unbestimmter Richtung Wind auf und bewegt leise eine kupferne Tafel, die an einem Pfeiler hängt. Der silberne Klang der Glocke dringt in alle Richtungen. Meine Gefühle klären sich. Während ich das Bild des Kindes vor Augen habe, das durch mich gestorben ist, bete ich inbrünstig für den Frieden der kleinen Seele. Stunde um Stunde schlage ich die Glocke, ohne innezuhalten.

Mit einem Mal ist die Nacht zu Ende, und der Tag bricht an. Strahlend scheint die gelbe Morgensonne. Als ihre Strahlen mein Gesicht berühren, komme ich plötzlich zu mir und blicke um mich. Es gibt hier keinen Pfeiler, keine Kupferplatte, keinen Buddha Nyorai und keine Gebetsglocke. Ich sitze vielmehr in einer Grube mit grobkörniger, roter Erde auf der Spitze eines kahlen Berges. In der Hand halte ich den Ast eines vertrockneten Baums. Dort vor meinen Knien, wo die Gebetsglocke war, liegt nun eine Ziegelscherbe. Sonst ist alles leer und verlassen. Am Kopf spüre ich einen stechenden Schmerz, der von ausgerissenen Haaren herrührt. Verwundert stehe ich auf. Aber wohin soll ich gehen? Nicht einmal die Richtung kann ich mehr bestimmen.

STEINPLATTEN

Wie ich den Berg umrunde, bemerke ich, dass der Weg eine etwas seltsame Krümmung macht. In der Ferne ist Rauch zu sehen, der von einem Tempel aufsteigt. Dröhnend erklingt der Schlag einer großen Trommel. Männer und Frauen mit weißen Gamaschen eilen in Scharen herbei. Hunderte und Aberhunderte von Kühen ziehen wie in einer Prozession den Weg entlang. Während die Kühe tranig vorwärtstrotten, zucken ihre Lider ab und zu. In einem solchen Moment wirken sie ungemein menschlich. Komisch, die Kuh an meiner Seite sieht ganz so aus wie ich, als würde ich mein Gesicht im Spiegel betrachten. Ich laufe neben der Kuh her.

Irgendwann betreten wir alle das Tempelgelände. Merkwürdig, dass es ringsum totenstill ist, obwohl so viele Menschen versammelt sind. Bis vor Kurzem haben sich die Kühe noch aneinander gestoßen. Wohin sind die jetzt nur verschwunden? Keine Ahnung. Schon kümmert mich die Angelegenheit mit den Kühen nicht mehr.

Beim Tempeltor nahe der Wächtergottheit Nio steht eine Baracke, in der das Tempelamt untergebracht ist.

Einige Männer sind dort eifrig mit etwas beschäftigt. In ihrer Mitte befindet sich eine große Ablage, auf der sich, eingeschlagen in zeremonielles Papier, riesige Berge von Geschenken türmen. Aufgereiht liegen da jede Menge Aschefänger, große und kleine, in allen erdenklichen Ausführungen. Die großen sind etwa so lang wie eine röhrenförmige Vase, die kleinen nicht viel größer als ein Splitter von einem Pfeifenrohr. Wozu sie dienen, weiß ich nicht. Zweifellos: So ein Aschefänger ist ein nutzloser Preis.

Ein Mann tritt gemessenen Schritts aus der schweigenden Menge. Mit auffällig hochmütigem Gehabe verneigt er sich vor dem Tempelamt und schreitet dann weiter zur Haupthalle. Alle starren ihn wie gebannt an. Was wird jetzt wohl geschehen? Ich fixiere ihn ebenfalls. Der Mann hält vor dem Opferstock der Tempelhalle an und wirft mit gravitätischer Geste Geld hinein. Er verharrt angemessene Zeit, kehrt dann an seinen Platz zurück. Ein leichtes Raunen geht durch die Menge. Der Mann stellt sich vor dem Tempelamt hin. Da erhält er plötzlich eines der großen Päckchen im zeremoniellen Umschlag überreicht. Ehrerbietig nimmt er es mit beiden Händen entgegen und zieht sich zurück. Alle Zuschauer klatschen. Ihre weißen Handflächen gleichen den Unterseiten von Feldbohnenblättern.

Ich bin als Zweiter an der Reihe. Keine Ahnung, warum bei so einer großen Menge Menschen ausgerechnet ich als Zweiter drankomme. Ich beginne über die Steinplatten zur Tempelhalle zu gehen. Der Lärm der Beifallklatschenden verstummt, mit einem Schlag wird es ringsum so totenstill wie zuvor. Ich gehe durch die Menge. Die Steinplatten ziehen sich schier endlos hin. Außer mir läuft niemand auf dem langen, weiß gepflasterten Weg. Mir zittern beinah die Knie. Ich trage eine festliche Rockhose. Es kommt mir in den Sinn, dass es gewiss recht würdevoll aussieht, wie sich der steife Saum bei jedem Schritt aufstellt.

Ich habe den Weg auf den Steinplatten nun zum größten Teil bewältigt, habe fast die Tempelhalle erreicht. Lose aneinandergereiht stehen auf einer Seite Stühle, auf denen niemand sitzt. Ein schönes Bild. Plötzlich fällt mir auch auf, dass dort einige mir entfernt bekannte Leute warten, die mich unverwandt betrachten. Zwanghaft will sich mein Gesicht in diese Richtung drehen, aber unter Aufbietung aller Kräfte bewahre ich eine aufrechte Haltung und schreite gemessenen Schritts weiter.

Vor dem Opferstock bleibe ich stehen, wie es der Mann zuvor getan hat. Über meinem Kopf hängt eine große Tafel, in diese ist ein seltsamer Vogel geschnitzt. Ich stehe da, denke angestrengt nach, doch will mir keine Idee kommen, was jetzt zu tun sei. Man konnte einfach nicht erkennen, was der Mann von vorhin vollführt hat. Sicher erhält man den wunderbaren Preis nicht nur dafür, dass man Geld in den Opferstock wirft. Aber ich kann vor all den Leuten jetzt nicht den Rückzug antreten und mein Nichtwissen eingestehen. Es wäre besser gewesen, ich hätte gleich abgelehnt, als ich als Zweiter an die Reihe kam. Nun bereue ich, dass ich vor lauter Gier nach dem Preis in eine so unangenehme Lage gekommen bin.

Ich gerate in immer trübere Stimmung, stehe nur einfach stumm da. Hinter mir verharrt alles in Totenstille, nicht ein einziges Husten ertönt. Ich spüre, wie mir die Knie zittern. Da kommt mir eine Idee: Bei dem Mann vorhin ist es doch genauso gewesen! Von hinten kann man ja gar nicht sehen, was vorn vollführt wird! Ich würde also einfach das Geld in den Opferstock werfen, dann umkehren, und keinem Menschen würde etwas auffallen. Richtig, so werde ich es machen! Irgendetwas über meinem Kopf erregt meine Aufmerksamkeit. Schnell blicke ich nach oben. Die Pupillen des Vogels auf der Tafel haben sich bewegt! Ich erschrecke. Bei dem Gedanken, dass ich durchschaut bin, wird mir ganz bange. Auch wird mir wieder bewusst, dass ich von Hunderten oder Tausenden von Zuschauern umringt bin. Alle stehen sie hinter mir, richten ihre Aufmerksamkeit allein auf mich. Wenn ich jetzt zögere, wie bodenlos wäre dann meine Blamage. Sei's drum! Ich bin fest entschlossen, Ehre einzulegen, und werfe Reis in den Opferstock. Mehr als die Hälfte der Körner landet auf dem Boden. Sofort wende ich mich um und laufe in Richtung Tempeltor. Die Zuschauer auf beiden Seiten verfolgen mich gebannt mit ihren Blicken. Fühlt sich an, als brennte sich mir ein Loch in die Brust. Nachdem ich ein Stückchen gegangen bin, fällt mir wieder die Tafel mit dem Vogel ein. Ich will mich kurz umsehen, doch bei all den Zuschauern ist das unmöglich.

Vor dem Tempelamt halte ich an. Ein Priester tritt aus dem Hintergrund und mustert interessiert mein Gesicht. Außer ihm sind da noch fünf, sechs andere Männer, alles blickt natürlich auf mich.

Während ich schweigend dastehe, holt der Priester ein großes Päckchen von einem Regal, eingeschlagen in zeremonielles Papier, und hält es vor mich hin. »So bitte, dann nehmen Sie dieses hier«, sagt er. Seine Stimme klingt so freundlich – sanft wie die einer Frau.

Ich strecke ehrerbietig beide Hände aus und nehme es in Empfang. Was es enthält, weiß ich nicht, jedenfalls ist es außerordentlich schwer. Doch gut, dass ich als Zweiter drangekommen bin. Ich trete ein wenig zurück. Auf einen Schlag herrscht unter den Zuschauern Stille. Mir fällt ein, dass vorhin, nachdem der andere Mann seinen Preis in Empfang genommen hatte, alle in der Runde applaudiert haben. Als ich bemerke, dass mir niemand Beifall spendet, sinkt mir der Mut. So ein Pech! Die Knie werden mir weich. Da, irgendwo inmitten der Menschenmasse, gibt es plötzlich einen, der in die Hände klatscht. Grell hallt es durch die Stille. Es gellt so laut, als spalte man am helllichten Tag Steine. Unerträglich beklemmend. Ich wünsche mir, dass er rasch damit aufhört. Kaum glaube ich jedoch, das Geräusch sei verklungen, setzt das Klatschen wieder ein und will ewig nicht enden.

Jedenfalls beabsichtige ich nun, diesem Menschenauflauf schnell zu entkommen. Als Zuflucht wäre ein Ort schön, an dem ich allein wäre. Ich blicke um mich, aber wohin man sich auch wendet: alles voller Zuschauer, nirgendwo ein Weg, auf dem man sich entfernen könnte. Und all diese Zuschauer starren mich an. Ich bereue keinesfalls, den Preis in Empfang genommen zu haben. Wenn es nur eine Möglichkeit gäbe, ihn zu verbergen!

Plötzlich bricht die Stille ringsum auf, eine Bewegung durchläuft die Menge. Über die Steinplatten, die glänzen wie blank poliert, kommt ein großer Vogel in Gestalt eines Puters in meine Richtung gehüpft. Er scheint es auf mich abgesehen zu haben. Blindlings stürze ich in die Menschenmenge. Wenn ich mich zwischen all den anderen verbärge, würde er mich bestimmt nicht erkennen. Da tut sich inmitten der Menge von Aberhundert oder Abertausend Menschen auf einmal ein Weg auf. Und von beiden Seiten starrt mich eine Menschenmauer an. Den Preis unter den

Arm geklemmt, hoffe ich, durch diese Passage zu entfliehen. Ich renne, so schnell ich kann. Als ich einen Blick zur Seite werfe, stehen dort immer noch die Zuschauer. Sie schauen mich an. Wieder renne ich los. Ich renne und renne lange Zeit, und als ich zu mir komme und um mich blicke, bilden die Zuschauer unverändert eine Reihe und starren mich an. Ich kann nicht mehr und bleibe stehen. Wie ich genau hinsehe, erkenne ich jetzt, dass das, was ich im Laufen für die Gesichter der Zuschauer gehalten habe, in Wirklichkeit Maiskolben sind – Kolben an Kolben gereiht, stehen sie hier auf dem Feld.

DER POCKENGOTT

Es ist kurz nach Mittag, als ein Mann, den ich nicht kenne, an meine Haustür kommt. Während ich ihn empfange, sagt er mir, er wolle meine Frau sehen. Der Mann trägt einen nicht ganz sauberen gestreiften Kimono und Lederschuhe. In seinem Gesicht wölben sich einige Beulen, merkwürdig kommt mir auch seine zittrige Stimme vor. Als meine Frau kommt, geht es eine Weile zwischen den beiden hin und her, wie bei einem Streitgespräch. Der Mann erhebt seine Stimme, dann beginnt er lauthals zu schluchzen. Weinend verabschiedet er sich schließlich wieder.

»Eine schlimme Sache«, denke ich bei mir. Ich bereue es schon, meine Frau an die Tür geschickt zu haben, kann es nun aber nicht mehr ändern.

Etwas später ist von meiner Frau keine Spur mehr zu sehen, ich wundere mich und verlasse das Haus, um sie zu suchen. Während ich in der einen wie in der anderen Richtung suche, wird es ringsum langsam dunkel, die Sonne sinkt. Neben dem Tempel verläuft ein breiter Abwassergraben. Ich stehe an seinem Rand und denke an meine Frau, die verschwunden ist. Im Wasser fängt sich das Himmelslicht, sodass es dort noch hell ist. Etwa zwanzig oder dreißig Wiesel tummeln sich vergnüglich, sie schlüpfen durch die Steinbrocken der Wand ein und aus. Unter ihnen befindet sich eines, das Laute von sich gibt, die wie Klopfen auf Stein klingen. Sein durchdringendes Jaulen bricht sich am Grabenrand, ein gellender Schrei, der noch in weiter Ferne zu hören ist. Mich gruselt, deshalb gehe ich weiter.

Ich treffe auf ein ödes Viertel, niemand ist dort unterwegs. Die Türen der meisten Häuser sind geschlossen, so kann man nicht erkennen, ob die Gebäude bewohnt sind oder nicht. Während ich unter den Vordächern hindurchlaufe, lausche ich angestrengt, ob nicht aus irgendeiner der Behausungen die Stimme meiner Frau zu hören ist. Die Häuserzeilen zu beiden Seiten nähern sich einander immer mehr an. Schließlich stehen sie sich First an First gegenüber. Ich denke ans Umkehren, halte inne, da sehe ich an der Ecke einen dunklen Weg, dort biege ich ein. Er zieht sich hin und ist finster. Große Steine liegen zu meinen Füßen. Zwei-, dreimal schlängelt sich der Weg in diese, dann in jene Richtung, aber plötzlich erreiche ich einen hellen Platz. Hier ist die Sonne noch nicht untergegangen, ich fühle mich erleichtert. Jenseits des Platzes drängen sich die Dächer mehrerer Häuser unter dem dämmrigen Himmel eng und gestaltlos zusammen.

Ich überquere den Platz und gehe auf die Häuser zu. Je näher ich komme, desto wärmer schlägt mir der Wind entgegen, ein widerliches Gefühl! Aus unbestimmter Richtung tönt der Schlag einer großen Trommel. Von Zeit zu Zeit verstummt er, so als ob man sich auf etwas besonnen hätte. Wenn das Trommeln verstummt, ist sonst nichts mehr zu hören. Nach Kurzem setzt das rhythmische Trommeln dann unvermutet wieder ein.

Eine Weile schleiche ich zwischen den Häusern umher. Während ich unter den Dächern laufe, versuche ich herauszufinden, was im Inneren der Häuser vor sich geht. Es regt sich etwas, obwohl sämtliche Türen geschlossen sind. Dahinter hört man das Stöhnen von Männern und Frauen. Und von dem Weg gegenüber nähert sich ein Begräbniszug, eine Fahne schwenkend, deren Weiß ab und an dunkle Falten schlägt.

Ein Mann im weißen Gewand läuft eilig herbei, die weiße Flagge hält er schräg in der Hand. Ihm folgt ein Priester mit angehobener Schleppe. Nicht mehr als fünf oder sechs Leute begleiten den Sarg. Er scheint schwer zu sein, und von innen her knirscht das Holz, das ist deutlich zu hören. Alle wirken, als ob sie es furchtbar eilig hätten, als ob sie jeden Moment losrennen wollten.

Ich stehe unter dem Dach, sehe dem Begräbniszug nach und wundere mich, was da vor sich gehen mag. Hinter den Türen hört man wieder das Stöhnen, hie und da auch den Trommelschlag. Ich bewege mich erneut ein Stück vorwärts. Etwas streicht leicht über meinen Kopf, ich blicke schnell nach oben und sehe, dass an jedem Dach ein Papierfetzen befestigt ist. Diese Fetzen waren es, die mich manchmal gestreift haben. Was das für ein Papier sein soll, erkenne ich in der Dunkelheit nicht. Aber rot ist es! Erschrocken springe ich mit einem Satz unter den Dächern hervor.

»Die Pocken!«, schreie ich auf und will schon das Weite suchen. Da kommt mir erneut ein Begräbniszug entgegen. Sie laufen an mir vorüber, wieder erklingt das knirschende Geräusch, dann von irgendwoher der Trommelschlag.

Das ist mehr, als ich ertragen kann! Ich will so schnell wie möglich von hier verschwinden und eile in die Richtung, aus der ich gekommen bin. Vom Gott der Pocken heimgesucht zu werden ist schrecklich! Aus dem schmutzigen Haus mir gegenüber dringt das Stöhnen einer Frau. Diese Stimme ist, obwohl ich sie nur kurz vernommen habe, zweifellos die meiner eigenen Frau.

Ohne Zögern reiße ich die Tür des Hauses auf und betrete das Innere, ihr Zimmer befindet sich gleich am Eingang. Dort liegt meine Frau neben dem seltsamen Mann, der uns am Mittag aufgesucht hat. Beide stöhnen unter Qualen. Ich sehe das Gesicht meiner Frau: über und über von Beulen bedeckt!

»Warum bist du hier?«, frage ich sie verärgert.

»Dieser Mann ist eben erst hereingekommen und hat mich gebeten, ihm das letzte Schlückchen Wasser zu reichen«, bringt meine Frau unter größter Anstrengung hervor. Ich rege mich furchtbar auf und will es ihr schon verbieten.

Der Mann jammert in einem fort, ist aber augenscheinlich dem Tod nahe. Blut fließt aus den Beulen über sein Gesicht.

»Dann haben mich die Pocken auch erwischt«, sagt meine Frau unter Tränen.

Ich richte sie auf, packe sie mir auf den Rücken und will hinausgehen. Der Mann liegt im Sterben, und meine Frau bittet mich, ihm doch wenigstens ein Schlückchen Wasser zu geben, aber ich höre nicht auf sie. Als der Fremde sieht, dass ich mit meiner Frau verschwinde, scheint er etwas sagen zu wollen, doch ich werfe nur noch einen kurzen Blick auf sein bitteres, verzerrtes Gesicht und gehe, ohne mich weiter um ihn zu scheren.

Der Weg liegt völlig im Dunkeln. Von irgendwoher weht wieder der schwülheiße Wind. Ich kann zwar nichts erkennen, aber hastige Geräusche zeigen mir an, dass ein weiteres Begräbnis im Gange ist. Mich packt das Grauen. Meine Frau, die ich auf dem Rücken trage, stöhnt in einem fort. Mit heller, schluchzender Stimme murmelt sie etwas Unverständliches vor sich hin und weint dabei von Zeit zu Zeit. Ihre warmen Tränen rinnen mir vom Nacken abwärts das Rückgrat hinunter.

Ich gelange auf den großen Platz von vorhin. Dort ist es ebenfalls stockfinster. Lange Zeit laufe ich durch die Dunkelheit. Schon beginne ich, den Klang der Trommel, der uns begleitet hat, zu vermissen, da krallt sich meine Frau an mir fest und schreit unglaublich laut. Mich packt der Schrecken, denn irgendetwas scheint uns zu verfolgen. Als ich mich umdrehe, lauern da fünf oder sechs Füchse. Sie drängen sich dicht hinter mir. Trotz der Dunkelheit sehe ich genau, wie sie hecheln und sich mit der langen Zunge die Lefzen lecken.

Voller Angst laufe ich los, meine Frau noch immer auf dem Rücken. Sicher sind die Füchse gekommen, den Schorf von den Pockenbeulen zu fressen. Zum ersten Mal wird mir klar, dass man die Trommel wohl geschlagen hat, um die Füchse zu vertreiben, eben weil sie den Schorf fressen wollen. Meine Furcht wächst. Ich vergesse, dass ich meine Frau auf dem Rücken habe, denke vielmehr an ein großes Gepäckstück oder etwas Ähnliches. Blindlings laufe ich los, bald weiß ich nicht mehr, wie lange ich gerannt bin. Als ich mich wieder besinne, bin ich bei einer Wegkreuzung angekommen, in einem Viertel, das mir bekannt vorkommt. Bis zu meinem Haus ist es noch weit. Wenigstens verfolgen mich die Füchse nicht mehr. Erleichtert will ich meine Frau absetzen, aber sie ist unterwegs gestorben. Fassungslos versuche ich noch ihr zu helfen, aber es ist schon zu spät. »Ich war doch sehr mitleidlos«, denke ich und weine. Hätte ich doch wenigstens dem Mann von vorhin seinen letzten Trunk gegönnt. Er ist wohl jetzt auch schon tot. Er war, als er an Pocken erkrankte, eigens gekommen, um von meiner Frau dieses letzte Schlückchen zu erbitten. Der Gedanke an den Mann, der ganz allein sterben musste, während ich mit ihr verschwand, bedrückt mich unerwartet schwer.

Weinend hebe ich meine tote Frau auf und mache mich auf den Weg nach Hause. Unterwegs spüre ich ein Jucken am ganzen Körper und zunehmende Kälte. Hände und Füße werden mir schwer, ich kann die Last der Leiche kaum mehr tragen. Bestimmt hat der Pockengott auch mich gepackt. Vor mir ist alles schwarz. Ich empfinde Widerwillen, meine Frau, die an Pocken gestorben ist, weiter zu tragen. Doch ich kann sie nicht einfach abwerfen und allein zurückkehren. Während ich hilflos am Weg stehe, verschlechtert sich mein Zustand zunehmend, auf meinem Gesicht bilden sich große Beulen.

»Zu spät«, denke ich. Ich kauere mich am Wegrand nieder und vergieße einsame Tränen. Ich fühle mich unsagbar verlassen. Mir ist klar, dass es mit meinem Leben aus und vorbei ist. Ich weiß auch, dass ich nun das gleiche Ende nehme wie der Mann von vorhin. Keine Frau wird da sein, die mir das letzte Schlückchen reicht, das macht alles noch trostloser. Groß und deutlich steht mir das verzerrte, bittere Gesicht des Mannes vor Augen, dem ich einen Blick zuwarf, als ich mit meiner Frau das Haus verließ.

ALBINO

Obwohl ich nicht direkt Streit habe, ärgere ich mich. Die einen behaupten, Gott existiert, die anderen sagen, er existiert nicht! Beide Parteien haben eine unterschiedliche Auffassung vom Wort »existieren«. Wenn ich argumentiere, Gott sei nicht da, so lehne ich die Bedeutung des Verbs »existieren« – das mein Gegner benutzt, indem er argumentiert, Gott existiere – doch nicht ab. »Schlimm, dass die Leute das nicht verstehen!«, grummle ich schlecht gelaunt und gehe, die Arme verschränkt, meines Wegs. Diejenigen, die behaupten, es gäbe einen Gott, die sollten ihn zu mir bringen, schreit es in mir. Gut – aber dieser Gott wäre ja dann auch nur der Gott von demjenigen, der an ihn glaubt, und man kann nicht davon ausgehen, dass er in den Augen dessen, der nicht an ihn glaubt, auch Gott wäre. Doch zu welchem Ergebnis kommt man, wenn man wie folgt denkt: Im Grunde haben auch diejenigen, die behaupten, Gott existiere nicht, vor dem Negieren einmal Gottes Dasein akzeptiert, also sie errichten sich zuerst ihren Gott, nur um ihn dann zu verneinen. Da hab ich doch recht, grübele ich vor mich hin, und meine Laune wird zunehmend schlechter.

In der Stadt geht es drunter und drüber. Mir kommt es so vor, als ob die Leute auf den Straßen nicht so recht wüssten, wohin sie gehen sollten. Die Stadt hat noch dazu eine Unzahl von Seitengassen. Ganz eng sind sie alle und in der Ferne in trübes Dämmerlicht getaucht. Ich stehe an der Kreuzung zu einer dieser Seitengassen, aber sie betreten will ich doch nicht, und so setze ich meinen ursprünglichen Weg fort. Es ist anstrengend, den Leuten, die fast mit einem zusammenprallen, auszuweichen.

An einer Straßenecke sitzt ein schwarzer Hund. Sein Fell glänzt prächtig wie Lack, aber seine Vorderbeine sind lächerlich kurz geraten, und sein Unterkiefer springt hervor. Ich sehe seine vielen kleinen weißen Zähne und muss an das Bild eines Mannes denken, aber wer das sein soll, weiß ich nicht. Es rumort in mir. Ich gehe an dem Hund vorbei und werfe ihm noch einen letzten Blick zu. Als ich die nächste Ecke passiere, sitzt dort ein ähnlicher Hund, und auch in seinem Unterkiefer zeigen sich die kleinen, weißen Zähne, einer neben dem anderen. Mit einem Mal sehe ich es: Da an der Ecke sitzt noch einer, und an dieser wieder einer! Unter allen Dächern und in allen Seitenstraßen, in unzähligen Ausführungen, überall dieser Hund! Und alle Hunde machen ein böses Gesicht und recken den Unterkiefer vor. Dieser Anblick macht mich wütend.

Gott existiert jedenfalls nicht, beschließe ich für mich. Und wenn es ihn geben sollte, dann ist dieser Gott ein Opfer der Negierung. Nein, ich will aufhören, mir über so etwas Dummes Gedanken zu machen. Sicher gibt es ihn nicht. Da bemerke ich, dass sich aus der Menge der vorbeiströmenden Passanten eine Frau mit einem länglichen Gesicht zu mir gesellt hat. Sie ist bleich, sieht nicht allzu gesund aus, aber sie ist jung. Plötzlich zupft mich die Frau am Ärmel.

»Sie, so geht es nun wirklich nicht! Es gibt Gott nämlich«, sagt sie. Überrascht will ich schon stehen bleiben, da meint die Frau: »Hier, kommen Sie bitte, ich will Sie führen.« Sie biegt in eine Seitengasse ein, die sich gerade vor uns auftut. Wohin sie mich bringen will, weiß ich nicht. Nur eines ist gewiss, dass es keine gute Idee ist, dieser Frau zu folgen. Ablehnen kann ich aber schlecht, so biege ich mit ihr ein.

Als wir das enge Sträßchen immer weiter und weiter gehen, sehe ich, wie in der Ferne, wo es schon dämmrig zu werden beginnt, ein ungewöhnlich großer rotgelber Lampion verloren mitten auf den Weg herabbaumelt. Da fällt mir auf, dass auch am Rand dieser Seitengasse hier und dort der schwarze Hund von vorhin hockt, mit seinen bösen kleinen Zähnen. Alle Hunde beobachten aus ihren kleinen schwarzen Augen, wie ich komme.

Als ich an ihnen vorbeigehe, erheben sie sich schwerfällig und trippeln mit den kurzen Vorderbeinen langsam in meine Richtung. Merkwürdig, alle diese Hunde tun exakt das Gleiche! Wie ich mich umdrehe, muss ich erkennen, dass sich hinter mir irgendwann Dutzende, nein, eine Unzahl von über hundert schwarzen Hunden versammelt hat. Alle sehen in meine Richtung und trotten auf mich zu. Eine seltsame Sache!

»Das ist ja schrecklich«, sage ich. »Warum laufen bloß all die Hunde hinter mir her?«

»Sie irren sich«, wehrt die Frau mit gelassener Stimme ab. »Die Hunde folgen Ihnen doch gar nicht.«

Sie trägt eine völlig ungerührte Miene zur Schau und zieht mich weiter. Die Frau muss Christin sein, denke ich mir insgeheim. Sonst würde sie sicher nicht so unglaublich gefasst reagieren. Gut möglich, dass sie mich mitschleppt, um mich zum Christen zu machen. Aber das soll sie nur mal probieren!

Mittlerweile stehen wir genau unter dem großen Lampion. Sein trüber Schein flackert, die Sonne ist schon untergegangen. Die Frau führt mich zu einem Haus mit Lattentür und tritt ein. Im Haus empfängt uns der blanke Erdboden, in einer Ecke steht eine lange Bank. Dort sitzen etwa fünf, sechs seltsam wirkende Männer. Sie scheinen auf irgendetwas zu warten. Die Frau geleitet mich zu dieser Bank, heißt mich am Eck Platz zu nehmen und huscht schnell nach hinten. Die anderen Männer sind in tiefes Schweigen versunken, sie rühren sich nicht. Ich harre dort eine Weile aus, auf was wir eigentlich warten, weiß ich nicht. Mir schwant nichts Gutes, ich will zurück. Doch als mir der Hund von vorhin einfällt, graust es mich. Allein könnte ich unmöglich nach draußen.

Nach einer Weile erhebt sich der Mann, der am vordersten Eck der Bank sitzt. Er überquert den blanken Erdboden, entfernt sich und verschwindet nach hinten. Von dort kommt zugleich ein anderer Mann und tritt schweigend auf die Straße hinaus. Es scheint also der Reihe nach zu gehen. Wenn es mich treffen wird, was soll ich dann nur tun? Niemand sagt einem Bescheid! Der Mann neben mir ist in tiefes Schweigen versunken, ich kann ihn nicht ansprechen. Von irgendwo fällt ein Lichtschein herein, den der schwarze Erdboden sofort aufsaugt. Er wirkt seltsam weit. Vereinzelt zeigen sich auf dem feucht anmutenden Boden kleine Erhebungen. Sie scheinen glitschig und kalt zu sein. Das Licht, das auf Decke und Wände trifft, wird samt und sonders vom Boden geschluckt, deswegen ist es ringsum auch so dunkel. Nur über der Erde schwebt lautlos eine Schicht schwach glimmenden Lichts. Betrachtet man dieses Schimmern länger, läuft es einem kalt den Rücken hinunter.

Nach einer Weile erhebt sich stumm der Mann, der am vordersten Eck der Bank saß, und geht nach hinten.

Von dort erscheint ein anderer, durchmisst den Raum und entfernt sich nach draußen. Ich glaube, in ihm den Mann zu erkennen, der vorhin nach hinten ging, aber sicher bin ich mir nicht. In der immer selben Art und Weise ist nun einer nach dem anderen verschwunden. Nur ich sitze noch auf der Bank. Ich fühle mich verlassen, und eine panische Furcht befällt mich. Niemand ist mehr da, also ist jetzt der beste Moment zur Flucht gekommen. Ich will mich aber zunächst vergewissern, ob die Hunde noch auf der Straße sind oder nicht. Um kurz nach draußen zu spähen, entferne ich mich, als sei nichts geschehen, von der Bank. Da! Aus dem Boden, genau von dort, wo meine Füße ihn berührt haben, kommen zwei Exemplare eines weißen weichen Etwas hervor! Sie sehen aus wie schmutzige Wattebäusche und kugeln mitten in den Raum. Mir ist, als hätte mir jemand einen Schlag gegen den Kopf versetzt, und sämtliche Haare stellen sich mir auf. Ein weißer Ball rollt nun plötzlich auf dem Erdboden herum. Ich sehe näher hin: Es ist ein Albino-Kind! Genau ist sein Gesicht nicht zu erkennen, aber es scheint die Züge eines Europäers zu haben und weiße Haare. Der Albino rollt wie ein Kloß auf dem kalten schwarzen Erdboden herum. Ab und an gibt er einen Ton von sich, der wie das Piepsen von Küken klingt. Mir ist so unheimlich und bang zumute, ich kann es gar nicht in Worte fassen, und unwillkürlich zieht es mich nach draußen. Da nähert sich der Albino, der eben noch auf dem Erdboden herumgekullert ist, kriechend meinen Beinen, bis ich mich nicht mehr bewegen kann. Während ich so starr dastehe, schlüpft er unter den Saum meines Gewandes. Ich glaube zu spüren, wie Gesicht, Hände und Füße meine Haut streifen. Etwas Kaltes, Weiches berührt meinen Fuß. Ich stampfe auf, bemühe mich, den Albino abzuschütteln. Da überkommt es mich, und ich will losrennen.

Ich bin noch keine drei, vier Schritt weiter, da habe ich den Albino schon zertreten. In dem Moment, in dem ich dachte, »Seltsam weich, auf was ich hier laufe«, da war das Kind auch schon tot. Furchtbar!

Jetzt kommt die Frau von vorhin aus dem Haus gerannt, bleibt auf einmal stehen und gibt ein lautes Wehgeschrei von sich. Oje! Sicher war es ihr Kind. Von hinten packt mich unvermutet einer unter den Armen und hält mich fest. Erschrocken fahre ich herum. Dort steht ein großer Mann in westlicher Kleidung, der auf mich herabblickt.

»Was haben Sie vor?«, bedrängt mich der Mann. Ich will ihm antworten, doch sein Griff verursacht mir ein ungeheures Kitzelgefühl, und der Lachreiz überwältigt mich. Als ich mich dem Kerl entwinden will, packt er mich nur noch fester. Drüben heult die Frau in den höchsten Tönen. Ich vermag mich nun nicht mehr zu beherrschen und platze laut heraus. Das Lachen steigt mir aus dem Bauch, droht mich fast zu ersticken, ich kann es kaum ertragen! Zum einen ist es ja schlimm, dass ich jemandes Kind totgetreten habe. Für die Eltern muss es schrecklich sein, und ich bereue es aufrichtig, unheimlich und grausig ist es außerdem. Auch die Frau, die mich in solch eine Lage gebracht hat, finde ich abscheulich. Aber keinem dieser verschiedenen Gefühle kann ich mich ganz hingeben. Ich weiß, ich habe etwas Schlimmes getan, aber es ist mir zugleich nach Lachen zumute. Obschon das Ganze ja furchtbar ist, ist es zugleich auch wieder komisch. Während ich so hemmungslos und grell lache, macht die Frau, die bisher nur geweint hat, plötzlich ein böses Gesicht und geht auf mich los.

»Sie sind solch einem Zeichen begegnet und glauben doch noch immer nicht an Gott!«, sagt sie. Das ist so komisch, dass ich beinahe platze. Benommen und unter Lachkrämpfen rufe ich deshalb: »Es gibt ihn, es gibt ihn!«

»Du darfst diesen Menschen nicht freilassen. Pack ihn ganz fest! Ich werde ihm nicht vergeben, bis er aufrichtig an Gott glaubt«, sagt die Frau zu dem Mann hinter mir.

In eine dumme Sache bin ich da geraten, die Frau und der Mann verstehen beide nicht, was ich so komisch finde und weshalb ich so lache. Aber vor lauter Lachen kann ich sie beim besten Willen nicht bitten, mich loszulassen! Dafür kitzelt es mich zu sehr.

»Wird schon werden. Bete du nur für diesen Menschen«, meint der Mann.

Das Kitzelgefühl übersteigt jedes Maß des Erträglichen. Das Ganze ist so komisch, und ich muss so lachen, dass ich glaube ersticken zu müssen.

»Nun, wollen Sie an Gott glauben und mit uns gemeinsam beten?« Die Frau kommt immer näher und befragt mich mit strenger Miene.

»Ich bet ja schon, ich bet ja schon!« Den Lachanfall mühsam unterdrückend, bringe ich als Antwort nicht mehr als diese paar Worte hervor. Dann winde ich mich erneut in Krämpfen.

AN DEN HAFENMAUERN

Während einer Badekur freunde ich mich mit einem Mann an. Unser Verhältnis wird rasch herzlicher, bald kommt er mir vor wie ein alter Freund. Meine Frau lernt den Mann ebenfalls kennen, ihr Verhältnis zu ihm wird ebenso rasch herzlicher, und schließlich behandelt auch sie ihn wie einen alten Freund. Das bereitet mir dann doch ein wenig Sorge, und ich denke an rasche Abreise.

Ich und meine Frau gelangen an die Hafenmauern. Wir haben den See zu überqueren, weit wie ein Meer und ohne Blick auf ein Ufer. Das Dampfschiff liegt bereits am Kai, es ist weiß gestrichen und verhältnismäßig klein, dafür aber besonders hoch. Eine lange, schmale Planke dient als Brücke zwischen Deck und Festland. Die Menschen laufen darüber und besteigen das Schiff. Auch meine Frau macht sich auf den Weg. Es ist gefährlich, denn die Planke ist erschreckend schmal! Just in diesem Moment betritt der besagte Mann das Schiffsdeck und reicht meiner Frau freundlich die Hand. »Na, der kam ja gerade recht«, denke ich. Unklar ist mir jedoch, wann der Mann das Schiff bestiegen haben kann.

Als Nächster will ich über die Planke laufen. Ich setze einen Fuß auf das Brett, und unversehens gleitet mein Blick nach unten. Dort fließt, träge wie Öl, schwärzlich blaues, völlig verdrecktes Wasser, von Zeit zu Zeit treiben Strohreste auf der Oberfläche. »Das hier ist gefährlich«, denke ich wieder, die Knie zittern mir, und ich komme kein Stückchen vorwärts. Was soll ich bloß tun? Wie ich aufschaue, ist das Wasser weiter draußen heftig aufgewühlt. Wenn die Wellen erst bis an das Ufer schlagen, wird es noch gefährlicher sein, hier zu stehen. Ich will meine Frau rufen und blicke zu den Fenstern des Schiffs. Sie lugt aus einem der Bullaugen und sieht mich sorgenvoll an. Vom Ufer aus winke ich ihr zu. »Komm, komm!«, rufe ich. Da verschwindet das Gesicht meiner Frau, und stattdessen steckt besagter Mann seinen Kopf in das kleine Fensterrund. Das Wasser spiegelt sich auf seinem Gesicht, er sieht ausnehmend gut aus.

Der Mann wendet sich mir zu und äußert irgendetwas. Ich verstehe aber kein Wort. Vielleicht meint er, ich solle rüberkommen, es werde schon nichts passieren. Aber das ist mir zu unsicher, ich kann mich einfach nicht überwinden, weiterzugehen. »Bringt mir meine Frau wieder zurück!«, brülle ich mit lauter Stimme. Da taucht erneut ihr Gesicht auf. Ich bin verärgert. Sie ist nicht zu mir gekommen, obwohl ich vorhin gerufen habe »Komm zurück«. Dann wieder denke ich, dass es jetzt unpassend ist, eine ungehaltene Miene zur Schau zu stellen, unterdrücke also meine Wut und setze noch einmal an. Drüben scheint man jedoch einfach nicht zu begreifen, was ich will. Meine Frau zieht ihren Kopf zurück. Stattdessen erscheint wieder das Gesicht des Mannes. Dass meine Frau und der Mann so nah beieinander an dem winzigen Fenster stehen, berührt mich unangenehm. Das sollte ich nicht zulassen, dagegen müsste ich schnellstens einschreiten. Wieder ruft mir der Mann etwas zu. Der Grund ist mir unbegreiflich, aber sein Gesicht fließt geradezu über vor Liebenswürdigkeit. Und gut, gut sieht er aus! Ich kann meinen Zorn nicht an ihm auslassen. Meine Besorgnis lässt nicht zu, dass ich einfach weiter so dastehe.

Das Schiff gleitet langsam seitwärts. Die Planke, die als Steg diente, verschiebt sich und fällt ins Wasser. Es spritzt hoch auf. Meine Frau lugt aus dem kleinen Fenster, vorwurfsvoll blickt sie in meine Richtung. Wäre ich doch ohne großes Zögern einfach schnell zugestiegen! Jetzt ist nichts mehr zu ändern. Das Schiff sticht in See und entfernt sich. Ich verfolge das Schiff mit den Augen, bis ich das Fenster nicht mehr sehen kann. Meine Frau und der Mann wechseln sich am Bullauge immer wieder ab, beide blicken sie in meine Richtung. Ich kann nicht einfach untätig bleiben und mich weiter grämen! Als ich mit dem Fuß auf den Boden stampfe, kommt ein Rikschafahrer und nimmt mich mit.

In der Rikscha rolle ich die Küste entlang, ich will das Dampfschiff bis zu seiner Landung verfolgen. Der Rikschamann rennt, als wüsste er über alles Bescheid, mit außerordentlicher Geschwindigkeit drauflos. Das macht mir Mut, ein Gefühl der Dankbarkeit für den Rikschafahrer ergreift mich. Während ich so auf dem Wagen sitze, beruhige ich mich langsam. Wenn ich es mir recht überlege, ist die ganze Angelegenheit in höchstem Maße unerfreulich. Schlimm, dass meine Frau nun schon ohne mich ihre Kabine bezieht. Warum hat sie denn auf der Planke eigentlich nicht abgewartet? Da erinnere ich mich auch, dass mir damals, als ich meine Frau an der Küste suchte, die Planke gar nicht aufgefallen war, sondern dass sich mein Blick zuerst auf das Bullauge heftete. Bei diesem Gedanken läuft es mir kalt den Rücken hinunter.

Die Rikscha eilt über einen langen Damm. Sie ist schnell wie der Wind. Während sie sich ihren Weg durch das hohe Gras bahnt, das zu beiden Seiten wächst, tritt ein Kind unsicheren Schritts aus den Büschen und schlüpft unter den Wagen. Erstaunt will ich mich schon nach ihm umsehen, da ruft der Rikschamann mit überraschend furchterregender Stimme: »Umsehen dürfen Sie sich nicht!« Ich zucke zurück. Das Kind ist wohl tot.

Unterwegs meint der Rikschafahrer, es sei, auch wenn er noch so schnell renne, sehr ungewiss, ob man sie noch einhole. Trotz dieser Auskunft treibt es mich nicht zur Eile. Mir ist bereits alles gleichgültig.

Wir gelangen zu einem Bahnhof. Die Passagiere, die mit dem Dampfschiff die Fluten überquert haben, steigen hier in den Zug um. Gerade zur rechten Zeit eingetroffen! Der lange Zug liegt still da, als habe er den Geist aufgegeben. Ich spähe schnell in ein, zwei der Fenster. In einem der vorderen Abteile sitzen meine Frau und der Mann. Vor Freude meine ich zerspringen zu müssen. Ich bin drauf und dran, den Zug zu besteigen. Meine Frau erhebt sich sichtbar erfreut von ihrem Platz. Unvermutet fragt sie, mit klar vernehmbarer Stimme: »Und deine Fahrkarte?«

»Macht doch nichts, dass ich noch keine habe, ich kann sie ja später noch kaufen«, meine ich, da stürzt von hinten ein Bahnhofsbeamter auf mich zu und ruft: »Kaufen Sie schnell, schnell!«

Während ich in meiner Verwirrung noch zögere, ist der Zug bereits abgefahren. Wie er so vor meinen Augen entschwindet, überkommt mich auf einmal ein Gefühl der Einsamkeit und Beklemmung, und ich weine bitterlich. Von Weitem höre ich sein Pfeifen. Ich blicke in seine Richtung und sehe, wie weiße Rauchschwaden auf mich zufliegen. Ja, ich empfinde das Bedürfnis, den Zug zu verfolgen. Da späht meine

Frau aus dem Fenster des Zuges, sie ist nur noch ganz klein zu sehen. Vor Sehnsucht halte ich es fast nicht mehr aus. Während ich darüber nachdenke, ihr ein Zeichen zu geben, zieht sich meine Frau zurück, und der Kopf des Mannes kommt nun hervor. Diesmal gibt er mir mit merkwürdigen Handbewegungen Zeichen, die ich jedoch nicht verstehe. Sein Gesicht verschwindet wieder, und das hellere meiner Frau erscheint. Der Zug entfernt sich weiter und weiter, bald kann ich nichts mehr erkennen.

Ich bin am ganzen Körper durchnässt von kaltem Schweiß. Nichts hält mich mehr auf einem Fleck. Verärgert und voller Sorge wandere ich umher.

Endlich kommt der nächste Zug. Es ist lange her, dass der letzte abgefahren ist.

Ich steige in ein geräumiges Abteil. Ein alter Mann mit boshaftem Gesichtsausdruck und einer Brille, die ganz vorn auf seiner Nase sitzt, liest dort Zeitung. Mir ist, als hätte ich ihn schon einmal gesehen, und mit dieser Erinnerung ist nichts Gutes verbunden. Neben dem Mann liegt ein seltsamer, in weißes Tuch gehüllter Gegenstand, etwa einen halben Meter lang, weshalb ich mich nicht setzen kann. Da mir nichts anderes übrig bleibt, ergreife ich das lange Bündel und will es in die Gepäckablage über uns legen. Aber der Gegenstand bietet nur an der Stelle, an der ich ihn halte, festen Widerstand. Die beiden Enden baumeln lose herab, und es fühlt sich lauwarm an. Ich bin überrascht. Der Alte erbebt vor Zorn, als er mich sieht. Ich habe doch wegen des Bündels keinen Platz gefunden! Aber seine Wut will sich einfach nicht legen. Er verstaut es fluchend selbst in der Gepäckablage und wendet sich brüsk ab. Ich bedaure das Ganze und lasse mich schließlich nieder.

Ich komme endlich zur Ruhe, mein Kopf wird völlig leer. Mit einem Mal bemerke ich, dass ich die ganze Zeit nicht mehr an meine Frau gedacht habe. Diese Unkonzentriertheit mochte freilich einer schlimmen Entwicklung Vorschub leisten, einer Entwicklung, die ich bitter bereuen würde. Auf diesen Gedanken hin reiße ich mich noch einmal zusammen. Aber so fest entschlossen wie vorher bin ich nun nicht mehr.

Irgendwann hält der Zug an. Vier oder fünf Priester drängen herein, einer von ihnen nimmt mir gegenüber Platz. Er grinst zwanghaft und führt ein Selbstgespräch. Ich verstehe lange nicht genau, was er von sich gibt. Doch plötzlich ist seine Stimme klar zu vernehmen: »Ihr könnt jetzt schon ein Schläfchen halten!«

Kaum hat er das gesagt, verschwindet das Lächeln von seinem Gesicht so schlagartig, als hätte man ihm die Haut abgezogen. Wie ein Huhn, das, wenn es die Augen schließt, zuerst das Unterlid hochschlägt, kneift er flugs beide Augen zusammen. Ähnlich die Lippen, die er zur gleichen Zeit schließt, wobei er wie ein sterbender Karpfen mit der Unterlippe schnappt. Ich starre auf das Gesicht des Priesters. Die Erinnerung an die Art und Weise, wie vorhin sein lächelndes Gesicht verschwand, berührt mich so unangenehm, dass ich glaube, seine Anwesenheit nicht mehr ertragen zu können. Es hat ausgesehen, wie wenn dem Menschen im Augenblick des Todes die Seele entweicht. Was stelle ich da bloß für Überlegungen an? Ich bin mir selbst nicht recht schlüssig. Plötzlich öffnen sich die Augen des Priesters. Obwohl sich die Lider gehoben haben, schlafen die Augäpfel noch. Sie sind auf die Decke gerichtet, besitzen weder Glanz noch Farbe. Dann beginnen sich die Pupillen zu bewegen. Sie kreisen im Inneren des Auges ein wenig nach oben, richten sich wieder nach vorn und nehmen schließlich einen seltsamen lächelnden Ausdruck an. Ich bin erleichtert. Und wieder vergesse ich, an meine Frau zu denken.

In diesem Moment scheint der Priester mich ansprechen zu wollen. Das macht mir Angst. Ich kann es hier bald nicht mehr aushalten. Still sitzen vor ihm! Ein Ding der Unmöglichkeit!

Da tropft etwas Kaltes in meinen Nacken. Es rinnt glatt und schlüpfrig das Rückgrat hinunter. Erschreckt blicke ich auf und sehe, dass aus dem Bündel des Alten, das auf der Gepäckablage liegt, Blut herausläuft! Ich brülle los. Bin ich etwa wieder auf dem Kai von vorhin gelandet? Da tritt der Priester neben mich, beruhigend redet er auf mich ein: »Ist ja schon gut, ist ja gut.« Aus meinen Augen quellen laue Tränen. Ich weine in mich hinein, mit einem Gefühl, als wäre ich auf den Grund des Wassers gesunken.

Kaum sieht der Priester meine Tränen, klappt sein Mund schlagartig zu, ähnlich einer Muschel, die man berührt. Seine Miene klärt sich wieder auf. Wenn ich mir dieses Gesicht genau betrachte, zeigt es wohl doch eher einen lächelnden Ausdruck, was ich bis jetzt nicht recht erkannt habe. Der Priester zieht die Unterlider hoch, schließt die Augen und schläft sofort ein.

Ich werde zunehmend traurig. Meine Tränen fließen unaufhörlich. Dabei denke ich Folgendes: Es gibt Tränen, die aus den Augen fließen, und solche, die aus dem Innersten des Herzens strömen. Dennoch kann es auch bei den Tränen, die aus dem Innersten des Herzens strömen, geschehen, dass das Herz sie gar nicht bemerkt. Vielleicht lernt man erst beim Anblick der Tränen, was im Innersten des Herzens geschieht. So ist es wohl. Langsam dämmert es mir, deshalb fließen meine Tränen nun erst recht.

Der Zug hält an einem düsteren Bahnhof. Viele Leute befinden sich dort, alle stehen da wie angewachsen. Ich gehe herum, suche in der Menge meine Frau. Ganz vorn, hinter einer großen Menschenansammlung, steht sie mit dem Mann beisammen. Natürlich, sie hat auf mich gewartet! Als ich zu ihr will, heben die Leute, einer nach dem anderen, behutsam ein Bein in die Höhe. Und ihre Körper drehen sich alle in dieselbe Richtung. Herrje, was geht da vor sich? Auf einmal stellen sie ihre Beine wieder ab. Ihre Bewegung lässt die ganze Erde erzittern. Meine Frau befindet sich unter all den anderen, sie tut es ihnen gleich. Sie kommt mir wie eine arme Akrobatin vor, mitleiderregend, aber auch liebreizend. Schnell will ich an ihre Seite eilen. Inzwischen heben und senken alle die Füße, das verursacht ein fürchterliches Dröhnen, und ich komme nicht voran. Blicke ich über die Schultern der vielen Leute zu meiner Frau, tanzt sie dort brav in der Gruppe. Kein einziges Mal sieht sie zu mir her. Auch wenn ihr Blick die Umgegend streift – unsere Augen treffen sich einfach nicht. Vor lauter Ungeduld vollführe ich verschiedene Verrenkungen, damit sie auf mich aufmerksam wird. Der Tanz der Leute ist inzwischen weder schneller noch langsamer geworden. Sie stampfen nur immer im selben Rhythmus auf und ab. Und ich komme nicht vorwärts.

Schließlich werde ich müde. Im Stillen hege ich noch den Wunsch, schnell, ganz schnell zu meiner Frau zu gelangen, aber irgendwie ist es mir auch schon gleichgültig. Benommen starre ich vor mich hin. Da blickt der bewusste Mann in mein Gesicht. Er zeigt mir ein so wunderhübsches Lächeln, wie ich es selbst bei ihm noch nie bemerkt habe. Das weckt mich aus meiner Lethargie, ich staune. Plötzlich fällt es mir ein: So jemanden wie ihn nennt man für gewöhnlich einen Herzensdieb!

DER PANTHER

Mitten auf dem Hügel befindet sich eine Vogelhandlung. Ein krummnasiger Alter sitzt den ganzen Tag im Schneidersitz davor und zerschneidet unaufhörlich Bambus. Kommt man vorbei, hört man ganz reizend die verschiedenen Stimmchen von Weißaugen, Wachteln oder Kanarienvögeln zwitschern.

Irgendwann sind die Vögel verschwunden. Stattdessen wird nun auf dem Dach der kleinen Hütte in einem großen Käfig ein Falke gehalten. Er zieht dort seine Jungen auf. Als ich einmal wieder vorbeikomme, mir denke, »Die Falkenküken müssten ja nun schon groß sein«, und auf das Dach blicke, bin ich überrascht, keinen Falken zu sehen, sondern einen Adler. Die Küken sind, gleich ob Männchen oder Weibchen, so groß wie die Elterntiere, ungefähr wie Hühner. Sowohl den Eltern wie auch den Küken fehlen an Kopf, Hals und Rücken auffallend viele Federn, als ob sie gerupft worden wären. In einem Käfig daneben ist ein Panther eingesperrt, der die Küken unverwandt fixiert. Ein schrecklicher Anblick! Rat suchend schaue ich mich um. Da sehe ich einen Pfarrer, einen Gebetstrommelschläger und weitere Menschen, deren Herkunft mir unergründlich ist. Insgesamt sind es etwa fünfzehn, sechzehn.

Die Pantherkatze lässt ein gräuliches Fauchen erklingen, sie schlägt mit der Pfote nach dem Adlernest. Das Weibchen stellt seine sägeartigen Federn auf und bedroht den Panther. Die Küken hacken mit ihren Schnäbeln nach Insekten in ihrem Gefieder. Das Männchen rückt ab, es zeigt sich unbeteiligt.

Da streckt der Panther seinen schmalen lang gezogenen Körper, bis sein Rücken sich schlangenförmig wellt. Ein furchtbarer Anblick! Er lässt auch wieder ein lautes Fauchen erklingen, und ich bekomme Angst.

»Ich erinnere mich, diesen Panther schon einmal gesehen zu haben«, sagt einer. Ein unpassender Moment für so eine Äußerung! Da dreht sich der Panther auch schon um.

»Oh, wie entsetzlich! Einer der Stäbe am Käfig fehlt. Das kann gefährlich werden, wenn die Lücke nicht geschlossen wird!«, meint ein anderer. Wie dumm, dass er das ausgerechnet jetzt erwähnen muss, der Panther kann die Angst spüren.

Wieder ein anderer sagt: »Der Panther tut nur so, als ob er es auf den Adler abgesehen hat.«

»Besser wär's, sie würden das Gerede einstellen«, denke ich bei mir, »sonst passiert noch etwas Ungeheuerliches.« Doch da kommt der Panther schon vom Dach herunter, um uns zu verschlingen. Panisch renne ich los, will mich in Sicherheit bringen. Die anderen ebenfalls, in dieselbe Richtung. In einem Pulk stürmen wir eine unvorstellbar breite Straße entlang. Sie ist zu beiden Seiten von Wald gesäumt. Ein heftiger Wind stürmt hinter uns her, wie ein Verfolger. Der Panther jagt so schnell voran, als wolle er den Wind überholen. Der Pfarrer ist der Erste, den er frisst. Er ist mitten auf der Straße gelaufen, darum hat es ihn gleich erwischt. Die anderen laufen an den Rändern entlang. Als Nächster wird der Mönch mit der Gebetstrommel verschlungen. Kurz blicke ich hinter mich. In der Mitte der hellen breiten Straße hat der Panther den Mönch niedergestreckt. Die Trommel wurde ebenfalls mitten auf die Straße geschleudert.

Inzwischen habe ich mich allein in ein seitlich gelegenes Viertel abgesetzt und renne dort lange, schmale Gassen entlang. Seltsam, hier wirkt es wie ausgestorben! Ich laufe weiter, ins angrenzende Viertel. Zahlreiche Antiquitätenläden, aber niemand ist zu sehen. Nur die mächtige Holzstatue eines buddhistischen Heiligen. Da ist ein Haus, in dessen Garten Wasser steht. Ich rette mich dort hinein und steige in den oberen Stock. Von hier aus schaue ich auf die Straße, ob jemand vorbeikommt. Der Panther! Mit geducktem Schleichschritt pirscht er sich heran. Er scheint es auf mich abgesehen zu haben. Würden mich die feuchten Fußabdrücke auf den Matten und auf den Stufen nicht verraten? Das Versteck ist nicht gut. Vorn kann ich ja nicht mehr hinaus, so fliehe ich durch die Hintertür über die Felder. Mir ist nicht klar, warum sich der Panther ausgerechnet mich ausgesucht hat. Vielleicht ist es auch gar kein echter Panther, sondern nur jemand, der sich ein Pantherfell übergezogen hat. Bei dieser Vorstellung packt mich erst recht die Furcht. Gewiss wird etwas Fürchterliches passieren, wenn ich nicht bald ein Versteck finde. Wie lange ich gleichsam betäubt über die Felder renne, weiß ich nicht zu sagen.

Schließlich verberge ich mich in einer Hütte in den Feldern. Am Eingang des Gartens wächst ein großer Granatapfelbaum, darin zwitschert unablässig ein rotbäuchiger Bohnenfink. Schon kann ich sehen, wie der Panther den Berggipfel überquert. Hastig schließe ich die Pforte. Die Türen sind alle aus Glas gefertigt. Dass es Glas ist, stimmt mich besorgt. Im Haus befinden sich fünf oder sechs Männer. Sie sehen in ihren kurzen Gewändern ärmlich aus, ihre Gesichter sind glanzlos.

Ich verrammle alle Öffnungen von innen. Über den Fensterläden klafft an einer Stelle ein Spalt. Hier könnte der Panther durchschlüpfen, aber es gibt nichts, um ihn zu verschließen. In dem Moment fällt mir ein, dass Glastüren vielleicht sogar besser als hölzerne gewesen wären, weil seine Krallen daran abrutschen würden. Da glaube ich auch schon deutlich zu hören, wie die Krallen des Panthers auf das Glas treffen und daran kratzen. Eisige Schauer durchfahren meinen Körper.

Draußen ist es verdächtig still. Ich öffne die Glastür einen Spalt und spähe hinaus.

Von drinnen ruft einer: »Achtung, gefährlich!«

»Es wäre nicht gut, wenn der Panther dein Gesicht sähe. Komm lieber rein«, meint ein anderer.

In diesem Moment muss ich beobachten, wie der Panther eine magere Frau oben auf dem dunklen Damm verschlingt. Mir ist, als hätte ich mit dieser Frau näher zu tun gehabt. Ich strecke den Kopf noch weiter durch den Spalt. Stück um Stück frisst er sie auf, nur die Kleider, die er mit den Pfoten zur Seite fegt, bleiben übrig. Dann blickt er in meine Richtung. Ob er mich entdeckt? Voller Angst suche ich mich zu verbergen. Der Panther sieht her, vermutlich erhebt er sich gleich. Sein Gesichtsausdruck ist seltsam. Ganz so, als würde er lachen! Verschreckt ziehe ich die Tür zu.

»Diese Stelle da über den Läden, die lässt sich nicht reparieren. Aber wie wär's, wenn wir den Panther gemeinsam zur Strecke brächten?«, wende ich mich an die Männer.

Alle zeigen sich verhältnismäßig gelassen. Nur ich also! Nur ich kann es vor Angst beinahe nicht mehr aushalten. Ich kann nicht mal ruhig auf einem Fleck stehen, so fürchte ich mich. »So tut doch endlich was!

Ich will nicht von dem Panther gefressen werden!«, schreie ich und gebe einen lang gezogenen Jammerlaut von mir.

Die fünf, sechs Männer drehen sich in meine Richtung. »Du weißt doch wohl Bescheid«, sagt einer von ihnen mit seltsamem Gesichtsausdruck, dabei lacht er ein bisschen.

»Der Geck ziert sich nur«, meint ein anderer verächtlich.

»Warum denn?«, fragt ein Dritter.

»Früher war er doch recht pfiffig, er wird's schon wissen.«

»Hehe«, meint der, der gefragt hat, und stimmt dann lautes Gelächter an.

Ich will ihnen versichern, dass ich nicht das Geringste verstehe, aber die Männer lachen in einem fort, darum wische ich mir bloß die Tränen weg und warte ab. Jetzt finde auch ich das Ganze ein bisschen komisch. Mit einem Mal fällt mir etwas auf: Der Panther muss unbemerkt hereingekommen sein! Da sitzt er in der Runde und lacht wie alle anderen.

SCHATTENREICH

Ein hoher, breiter, dunkler Damm, dessen Anfang und Ende nicht zu erkennen sind, erstreckt sich mächtig und klar durch die Nacht. Unterhalb des Damms befindet sich neben einer kleinen Hütte ein billiger Imbiss. Lampenlicht lässt einen lackfeucht flackernden Schatten auf den schwarzen Bauch des Damms fallen. Ich nehme auf einer der Sitzgelegenheiten Platz. Ich esse nichts. Ich sehne mich nur danach, Menschen um mich zu spüren. Vor mir auf dem Tisch steht kein einziger Teller. Der Glanz der blanken Holzfläche spiegelt sich kalt auf meinem Gesicht.

Auf den Stühlen neben mir sitzen vier, fünf Gäste. Sie essen. Angeregt unterhalten sie sich mit gedämpften Stimmen, ab und an erklingt ein verhaltenes Lachen.

Einer sagt Folgendes: »Wir brauchten niemanden zu schicken, um ihn mit der Laterne abzuholen, nein, wirklich nicht.«

Das glaube ich zu verstehen. Ich weiß nicht, um was es geht, aber diese Worte bleiben mir seltsam im Ohr haften, ich habe mich nicht verhört. Unmut regt sich jetzt in mir. Man redet also über mich. Ich wende mich zur Seite, blicke in die Richtung der Männer, kann aber, bedingt durch eine gewisse Benommenheit, nicht ausmachen, welcher von ihnen das gesagt hat.

In diesem Moment erklingt eine andere Stimme, eine laute, leere Stimme: »Daran können wir jetzt nichts ändern, aber dass es so weit gekommen ist, ist auch unsere Schuld.«

Nach diesen Worten sinkt meine Aufmerksamkeit. Rührung ergreift mich, ich fange an zu weinen. Anlass gibt es dazu eigentlich keinen, ich kann es in diesem Moment vor Traurigkeit nur einfach nicht mehr aushalten. Ich ahne den Grund meiner Traurigkeit, erinnere mich aber nicht genau.

Die Zeit vergeht, ich verzehre einige Möhrenblätter in Essig, löffle die klebrige Bergkartoffelsuppe. Die Leute neben mir haben andere Gesprächsthemen gefunden und unterhalten sich weiter miteinander. Ab und zu lachen sie auch leise in sich hinein. Der, dessen Stimme vorhin so laut zu hören war, ist ein älterer Mann von gut fünfzig. Einzig die Silhouette dieses Mannes spiegelt sich wie ein Schattenbild vor meinen Augen. Allmählich nehme ich wahr, welche Gesten er vollführt, wie er mit den anderen spricht. Angestrengt blicke ich in seine Richtung, aber ganz deutlich sehe ich es doch nicht. Auch was gesprochen wird, kann ich kaum hören.

Von Zeit zu Zeit geht jemand oben auf dem Damm entlang. Er kommt wie bestellt und entfernt sich bald darauf wieder. Sein Schatten macht einen so erbärmlichen Eindruck, dass ich mich nicht zu rühren wage. Wir verharren in Schweigen, die Gruppe nebenan rückt näher zusammen, so nah, als ob sie sich umarmen wollten. Ich, als ein Einzelner, verschränke die Arme ineinander, ziehe die Beine an und bleibe still sitzen.

Jedes Mal, wenn dieser Jemand vorübergegangen ist, setzt die Unterhaltung neben mir schleppend wieder ein. Das alles ist mir unklar, die Situation, der Inhalt ihrer Gespräche. Aber ihre stille, sanfte Gemeinschaft erfüllt mich mit Neid.

Die Papiertüren vor mir zeigen ihre rückwärtige Seite, sie sind geschlossen. Auf dem Papier kriecht eine Wespe nach oben, ihre Flügel sind geknickt, sie kann nicht mehr fliegen. Sie macht ein schabendes Geräusch. Diese eine Wespe kann ich jetzt, im Gegensatz zu den übrigen Dingen, sehr scharf sehen.

Auch die anderen scheinen die Wespe bemerkt zu haben. Der Mann von vorhin sagt: »Da ist eine Wespe.« Diese Stimme höre ich sehr deutlich. Und dann sagt er Folgendes: »Es war wirklich eine ganz große Wespe, man sagt wohl besser Bärenhornisse. So groß wie mein Daumen war die.« Bei diesen Worten zeigt er seinen Daumen. Dieser Daumen zeichnet sich deutlich vor meinen Augen ab. Als ob das eine Erinnerung wachrufen würde, füllt sich mit einem Mal mein Herz mit einer süßen Sehnsucht, und während ich weiterhin auf den Daumen blicke, kommen mir die Tränen.

»Steckt man die in ein Glasröhrchen und verschließt es mit Papier, so wirkt das Papier wie eine Membran und tönt wie ein Musikinstrument, wenn die Wespe im Röhrchen beim Auf-und-ab-Fliegen brummt und summt.«

Die Stimme dringt immer klarer an mein Ohr, und eine ungeahnte Sehnsucht ergreift mich. Tief bewegt lausche ich der Stimme. Da fährt der Mann fort zu sprechen: »Ich hab das Röhrchen auf den Schreibtisch gestellt und hing, in seiner Betrachtung gefangen, meinen Gedanken nach, da kam mein Sohn und bettelte: ›Gib's mir, gib's mir!‹ Er war ein sehr eigenwilliges Kind, und wenn man ihm etwas sagte, wollte er nie hören. Ich wurde ärgerlich, nahm das Röhrchen und trat auf die Veranda hinaus, das Licht der Sonne fiel gerade auf einen der Steine im Garten.«

Ich glaube, den Stein, der wie ein Schiff geformt ist, vor Augen zu haben.

»Das Röhrchen zerbrach am Stein, und heraus kam die Wespe, stieg steil empor. Na, da war die Wespe entkommen! Es ist eine große Wespe gewesen, ein wirklich kapitales Exemplar!«

»Vater!«, rufe ich unter Tränen. Aber meine Stimme dringt nicht zu ihm hinüber. Alle stehen auf und gehen still nach draußen.

»Das ist es also, das ist es«, denke ich bei mir und will ihnen nach. Die Gruppe ist aber schon nicht mehr da. Während ich noch umherirre, um sie aufzuspüren, habe ich die Stimme des Mannes, der wohl mein Vater war, im Ohr. Als alle sich erhoben haben, sagte er: »Dann machen wir uns am besten langsam auf den Weg.« Diese Stimme habe ich vorhin gehört.

Die Finsternis kennt keinen Mond, keine Sterne, keinen Streifen Licht am Horizont, über dem Damm glimmt nur ein blässliches schwaches Leuchten.

Da, ich sehe die Gruppe von vorhin! Sie muss schon vor einiger Zeit auf den Damm gestiegen sein, jetzt geht sie hinein in das weißliche Leuchten. Ich will nur noch einen letzten Blick auf meinen Vater werfen, aber die Konturen der Gestalten lösen sich auf. Vier, fünf Silhouetten verschmelzen ineinander, ich kann nicht mehr erkennen, welche von ihnen meinem Vater gehört.

Ich richte die Augen zu Boden, sie sind voller Tränen. Auf dem schwarzen Leib des Damms zeichnet sich im Schein der Laterne meine Gestalt als ein großer Schatten ab. Mein Blick saugt sich an diesem Schatten fest, und ich weine lange. Dann lasse ich den Damm hinter mir und kehre zurück auf den dunklen Feldweg.

ANMERKUNGEN

Die Geschichten werden hier in der vom Autor vorgesehenen Reihenfolge präsentiert. Alle Erstveröffentlichungen erfolgten in der Zeitschrift *Shinshosetsu*.

FEUERWERK *Hanabi*, Januar 1921

»Feuerwerk« ist eine der typischen Verhexungsgeschichten der Anthologie »Aus dem Schattenreich«. Meist wird ein Mann durch einen Fuchsgeist in Gestalt einer Frau irregeführt. Der Fuchsgeist (*kitsune*) zählt neben dem Zauberdachs (*tanuki*) zu den klassischen japanischen Wandlungswesen (*obake*). – Tatami-Matten: japanische Reisstrohmatten (180 x 90 cm), die als traditionelles Raumelement den Boden eines Zimmers bilden. – Rockhose: Gemeint ist die *hakama*, ein hosenrockartiges Kleidungsstück, das man in Japan über dem Kimono trägt.

SANTO KYODEN Januar 1921

Santo Kyoden (1761–1816): erfolgreicher Kaufmann, Holzschnittkünstler und berühmter Romanautor der

Edo-Zeit. Er verfasste zahlreiche Unterhaltungsromane, die das Leben in den städtischen Vergnügungsvierteln zum Thema hatten; Kyoden war als *tsujin*, d. h. als Connaisseur bekannt. – Der Protagonist tritt in der traditionellen Rolle des ehrerbietigen Schülers (*deshi*) auf, der im Haus eines berühmten Meisters Unterweisungen erhält; der Meister scheint hier die *kampo*-Medizin, d. h. die klassische sino-japanische Medizin zu lehren.

JINTOSHI April 1921

Auch hier thematisiert Hyakken Uchida die Begegnung mit einem weiblichen Zauberfuchs. Typisch für diesen sind die merkwürdigen Gesten, die er mit den Händen vollführt. Mann und Bruder der Frau sind offensichtlich Füchse, die ihr Verwirrspiel gern im *kampo*-Milieu betreiben. – Die Moxibustion – das Abbrennen von *mokusa*-Kraut auf der Haut eines kranken Menschen – ist eine bewährte *kampo*-Technik. – Salzpfläumchen: in Salz eingelegte Pickles aus japanischen Pflaumen (= *umeboshi*).

DIE KRÄHE *Karasu*, Juli 1921

Der Protagonist bewegt sich in einer traditionellen japanischen Herberge mit einer großen Gemeinschaftsbadewanne (*ofuro*). Die dünnen Wände und Schiebetüren bringen es mit sich, dass die Zimmer sehr hellhörig sind. – Für den Gang zum Bad oder zur Toilette stehen dafür vorgesehene Sandalen bereit. – Das Heulen eines Hundes wird in Japan als unheilbringend verstanden.

DAS FABELTIER *Kudan,* Januar 1921

Bei dem Fabeltier *kudan* handelt es sich um ein rinderähnliches Ungetüm aus der japanischen Überlieferung, d. h. genauer gesagt um ein Rind mit einem Menschengesicht.

ECHO *Kodama,* Mai 1921

Erneut wird der Protagonist offenbar mit einer Geisterfrau konfrontiert. – Der Jizo-Bodhisattva (Sanskrit: *ksitigarbha*) ist ein Hüter des Weges und beschützt auch die Seelen von toten – kurz nach der Geburt gestorbenen oder abgetriebenen – Kindern, die Reisenden von dieser Welt in das nächste Leben; Jizo wird in der Gestalt eines Mönchs mit einem Juwel in der linken Hand dargestellt; in der rechten Hand hält er einen Wanderstab mit sechs Schellen oder Ringen: Sie repräsentieren die buddhistischen Welten, die die Seele in ihrer Entwicklung durchschreiten muss.

TREIBHOLZ *Nagaregi,* April 1921

Der Protagonist befindet sich ein weiteres Mal auf einem Damm. Ein japanischer Leser assoziiert mit dem Fluss das Jenseitsgewässer (*sanzu no kawa*) bzw. das Reich der Toten (*sai no kawara*).

EIDECHSEN *Tokage,* Juni 1921

DER WEGGEFÄHRTE *Michizure,* Januar 1921

WEIDENTANG *Yanagimo,* April 1921

Der Zenko-Tempel von Shinano ist ein bekannter Wallfahrtstempel, der sich 642 während der Herrschaft von Honda Yoshimitsu in der heutigen Region Nagano etablierte.

DER CHINESE *Shinajin,* Mai 1921

»Der Chinese« zeichnet ebenso wie »Albino« eine Kulturbegegnung nach und verlässt damit den Rahmen der Psychodramatik der Hauptfigur.

EINE KURZE NACHT *Mijika yo,* April 1921

Auch hier erzählt Hyakken Uchida von einer äußerst unerquicklichen Erfahrung mit Zauberfüchsen. – Buddha Nyorai (Sanskrit: *tathagata*) bzw. Shaka Nyorai ist eine Repräsentationsform des historischen Buddha und steht als der »Erleuchtete« an der Spitze des buddhistischen Pantheon.

STEINPLATTEN *Ishitatami,* Juni 1921

Bei Nio handelt es sich um eine Wächtergottheit mit furchterregendem Gesicht; sie entstammt dem buddhistischen Pantheon.

DER POCKENGOTT *Hosojin,* Juli 1921

ALBINO *Shiroko,* April 1921

Hier thematisiert Hyakken Uchida auf seine sehr eigene Art und Weise einen theologischen Disput bzw. einen christlichen Bekehrungsversuch. Das bestimmende Motiv in »Der Chinese« ist die Handelsschläue des Chinesen – sein herrlicher Tempel offenbart sich als bloßes Warenlager. »Albino« vermittelt die religiösen Absichten der »Weißen«. Während das sanfte Vergeben, das das Christentum hier auszeichnet, ins Absurde weist, das Gefühl der westlichen Religion gegenüber also auf der Empfindung der Lächerlichkeit fußt, ist das Gefühl China und den Erzeugnissen seiner Kultur gegenüber von einem gewissen Schuldbewusstsein, aber auch von Argwohn getragen. Dem asiatischen Nachbarland werden Geldgier und »Minderwertigkeit« unterstellt.

AN DEN HAFENMAUERN *Hatoba,* April 1921

DER PANTHER *Hyo,* Januar 1921

SCHATTENREICH *Meido,* Januar 1921

NACHWORT

Exzentriker, entlassener Germanist, Lieblingsschriftsteller

Als Eizo Uchida am 29. Mai 1889 in Okayama geboren, machte Hyakken schon in seiner Oberschulzeit mit kürzeren Prosatexten auf sich aufmerksam. Den Künstlernamen wählte er, als er Haikus zu verfassen begann. 1910 schrieb er sich an der Germanistischen Fakultät der Kaiserlichen Universität Tokio ein und schloss sich dem Kreis um den Nationalautor Natsume Soseki (1867–1916) an. Nach dem Studium war er als Deutschlektor beschäftigt, erhielt 1920 eine Stelle an der Hosei-Universität, die er 1934 wieder aufgab. Grund dafür waren Streitigkeiten zwischen zwei Fraktionen innerhalb der Germanistischen Fakultät. Die eine Seite plädierte für die Erneuerung des Unterrichts, im Zuge derer ineffektive, »altmodische« Lehrkräfte, zu denen man Hyakken rechnete, entlassen werden sollten. Verbittert kehrte der Dozent der Universität den Rücken. Seine Erfahrungen verarbeitete er in einem Roman mit dem schönen Titel »Aufstand der Brotfresser« (1936). Literarisch war Hyakken mit seinen Miszellen, Reiseberichten und Tagebuchaufzeichnungen stets präsent. Er widmete sich dem Schreiben bis zum Ende seines langen Lebens und starb am 20. April 1971 im Alter von einundachtzig Jahren.

Einen großen Teil seiner Popularität in Japan verdankte der Autor mit dem auffallend missmutigen Gesichtsausdruck seinem Ruf als Exzentriker. In jungen Jahren vor allem berühmt für seine Schulden, hielt er später mit den ihm treuen ehemaligen Schülern die sogenannten *Mada-kai*-Feiern (»Immer noch nicht tot?«-Feiern) ab und verweigerte sich dem Kulturbetrieb mit dem Satz »Ich mag nicht, weil ich nicht mag«. Yukio Mishima (1925–1970) wies mit seiner Würdigung von *Tokyo nikki* (1938; »Tagebuchnotizen aus Tokio«) schon früh auf Hyakkens hervorragende künstlerische Begabung hin. Die Kurzgeschichte *Sarasate no ban* (1948; »Die Sarasate-Schallplatte«) inspirierte den Regisseur Seijun Suzuki zu dem Film »Zigeunerweisen« (1980), Akira Kurosawas Film *Mada da yo* (1993; »Bin noch nicht so weit«) festigte dann endgültig das Bild vom liebenswerten Sonderling. Der lange als Geheimtipp Gehandelte wurde von japanischen Germanisten wiederentdeckt und ist heute der erklärte Lieblingsschriftsteller vieler japanischer Autoren.

Hyakkens unheimliche Welt

Hyakken Uchida ist seit den 1980er-Jahren als Verfasser von Gespenstergeschichten (*kaidan*) und fantastischer Literatur (*genso bungaku*) in verschiedenen Anthologien seines Heimatlandes vertreten – die literarische Fantastik erfreute sich in dieser Dekade besonderer Beliebtheit. Das Interesse für die dunkle Seite der Wirklichkeit zeugte vom Wunsch, Alternativen zur realen Welt und einer unwirtlichen Jetztzeit zu finden. Sogar ein neues Wort für das, was die moderne japanische Gesellschaft entbehrt, wurde geprägt: *ikai*, die »Andere Welt«. So greift auch der Germanist und Förderer des Fantastischen, Suehiro Tanemura, auf diesen Terminus zurück, wenn er die Bedeutung Hyakkens für die Gegenwart betont. Eben in jenem Grenzgängertum zur *ikai* liege der Wert seiner Literatur begründet. Tanemura sieht in ihm einen Autor, der sich durch die Tiefenstrukturen der Erzählung auf die andere Seite wage, in eine Region abseits des Alltagsbewusstseins, in der Furcht, Zersetzung und Tod beheimatet seien.

Seltsame Tiere, unheimliche Kinder und bedrohliche Frauen begegnen uns in dieser modernen japanischen Unterwelt vor »Retrokulisse«. In »Santo Kyoden« sucht den Erzähler eine rätselhafte schwarze Bergameise auf, in »Jintoshi« muss er zwei sinistre Gestalten zu einer Halle mit schaurigen Pferden begleiten. In »Die Krähe«

wird ein Vogel grausam getötet, und das Geheul eines geisterhaften Hundes verfolgt den Protagonisten. In »Eidechsen« erscheinen eingangs die kleinen Reptilien als Boten einer Zone des Unheimlichen, das Grauen verkörpert dann ein großer Bär, der eine Kuh tötet. »Eine kurze Nacht« zeigt den Helden als Opfer einer klassischen Fuchsverhexung, in »Der Pockengott« wird er von einem winselnden Wiesel erschreckt, dann von einem Rudel Füchse verfolgt, die den Schorf von Pestbeulen fressen. Die Frauengestalten sind nicht weniger beängstigend: Da ist die blasse Frau aus »Feuerwerk«, die sich am Ende in den Hals des Erzählers verbeißt. In »Echo« sieht er sich genötigt, einem Frauengeist mit einem Kind in die »Andere Welt« zu folgen. In »Weidentang« tötet er eine hässliche alte Frau und muss am Ende feststellen, dass sich das Mädchen, das in ihrer Begleitung war, in ebenjene alte Vettel verwandelt hat.

Während diese und andere Szenen eine durchaus bedrückende Atmosphäre verbreiten, weisen viele Schilderungen doch auch eine nachhaltige Komik auf.

Die Vision des kleinen Männchens

Am Ende der achtzehn Episoden kann man sich ein Bild vom Ich-Erzähler und Helden aller Geschichten machen: »Ei-san« ist ein Familienvater, etwa Mitte dreißig, von Beruf Lehrer, häufig auf Abwegen, mit einem Hang zum Geiz und dem Bedürfnis nach schnellem Ruhm und Anerkennung, jedoch wenig selbstständig, unsicher in seinem gesellschaftlichen Auftreten und in seinen privaten Beziehungen. »Unverarbeitet« bleibt die Beziehung zu den Eltern. Er denkt, dass er vor dem Vater und den Autoritätspersonen (Lehrmeister, Priester) versagt hat, aber auch, dass ihm mangelnde Anerkennung zuteilwurde. Beim Anblick von Frauen regt sich in ihm in erster Linie ein ausgeprägtes Schuldgefühl.

Besitzgier, Lüsternheit und Egoismus sind die seelischen Beweggründe, aus denen dem Protagonisten in den achtzehn Geschichten Unheil erwächst. Eine weitere seiner Charakterschwächen ist es, nichts ablehnen zu können. In vielen Episoden gerät er in eine missliche Lage, weil er dem Gegenüber keine Absage erteilen will. Diese passive, infantile Haltung geht mit einem permanent schlechten Gewissen einher. Über die kindliche Note in Hyakkens Fantastik machten sich Suehiro Tanemura und Jiro Kawamura vor vielen Jahren in einem Literaturgespräch Gedanken, wobei sie die Charaktermerkmale des Hyakken'schen Protagonisten mit den persönlichen Schwächen abglichen, die sie bei Eizo Uchida diagnostizierten: Er sei ein verwöhntes Einzelkind gewesen, die Erwachsenenrolle habe er nie angenommen, seine Infantilität offenbare sich in seiner unreifen Einstellung dem Sexuellen gegenüber und einer Vorliebe für das Anale. Kawamura schlug vor, aus der Vision vom kleinen Männchen in »Santo Kyoden« unmittelbar Rückschlüsse auf das Selbstwertgefühl des Protagonisten/Autors zu ziehen: Dieser fühle sich selbst so winzig. – Wie so oft in der japanischen Literaturkritik verbarg sich hinter diesen Worten, die wie Tadel anmuten, eine Hommage an die Fantasiewelt des Künstlers.

Zauberfüchse und Renitenz

Warum es zwölf Jahre nach dem Tod des Autors erneut zu einem »Hyakken-Boom« kam, konnten sich die japanischen Kritiker lange Zeit nicht genau erklären. Hatten sich nun einfach seine literarischen Qualitäten durchgesetzt, war Suzukis Film »Zigeunerweisen« der Auslöser dafür gewesen, oder kam Hyakkens Einstellung dem Lifestyle des jungen konsumorientierten Lesepublikums der 1980er entgegen, das ebenso wie der Autor gutes Essen, Trinken und das Reisen liebte? Seinen späten markanten Erfolg deutete man schließlich auf der Basis des Werks. Drei Faktoren, darüber sind sich Kritik und Forschung einig, spielen hier zusammen und machen den großen Reiz der Texte aus: Träume, Lachen und Traurigkeit.

Die melancholische, mit feinem Humor angereicherte Traumatmosphäre mag auch die Autorin Hiromi Kawakami inspiriert haben. Kawakamis Figur des alten Lehrers in ihrem 2001 publizierten Roman *Sensei no kaban* (dt. »Der Himmel ist blau, die Erde ist weiß«, 2008) lässt tatsächlich an einen eigenwilligen, waldschratartigen Geisteswissenschaftler und Genussmenschen wie Hyakken Uchida denken – zumal der Schriftsteller im Text auch erwähnt wird. Insofern ist die Lebensart, die Hyakken mit seiner Literatur und Person verkörpert – das Leben voller Genuss und Poesie im Stil eines abgeklärten, aber nicht moralisierenden Betrachters, die Hingabe an die Reflexion, der Rückzug aus der Leistungsgesellschaft, das Bekennen zur Sinnlosigkeit allen Strebens und der Genuss dieser Sinnlosigkeit –, wieder zum Vorbild geworden für Schriftsteller und ihre Leser im 21. Jahrhundert. Wenn gegenwärtig Effizienz gefordert wird, so lässt der Meister seine Zauberfüchse aufmarschieren, illustriert die Hohlheit weltlicher Dinge, lobt die Subversivität des Sublimen und preist die Kunst des Versagens. Hierbei handelt es sich dann im Falle Hyakkens allerdings nicht um ein traditionelles Versinken im Nichts des Zen, sondern um pure Renitenz.

Lisette Gebhardt

Für dieses Nachwort wurden Arbeiten von Jiro Kawamura, Suehiro Tanemura und Hideyuki Sakai zurate gezogen.

INHALT

Originaltitel: Meido
Originalverlag: Tohmondo Shoten, Japan

Dieses Werk erscheint im Rahmen des Projekts zur Veröffentlichung japanischer Literatur (JLLP), realisiert durch das Zentrum für Förderung und Publikation japanischer Literatur (J-Lit Center) im Auftrag des japanischen Amts für kulturelle Angelegenheiten. Herausgeber für den deutschen Sprachraum: Eduard Klopfenstein.

1. Auflage

Typografie und Satz: DVA/Brigitte Müller
Gesetzt aus der Berling
Druck und Bindung: Friedrich Pustet KG, Regensburg
Printed in Germany
ISBN 978-3-421-04422-8

www.dva.de